光文社文庫

三つのアリバイ

女子大生桜《さくら》川《がわ》東《はる》子《こ》の推理

鯨　統一郎

光　文　社

目次

「鯨《くじら》の話は面白かったよ。
いつもあんなことを
考えているのか？」

古川《ふるかわ》日出男《ひでお》『13』より

装画：佐久間真人
装幀：泉沢光雄

宝石泥棒の話は嫌いだ。

まして渋谷で起きた事件となればなおさらだ。

「かわいそうな人」

いるかちゃんがシェイカーを振りながら言う。

（まさか僕の事じゃないだろうな？）

人の心を読むことに関しては鋭い感性を有するいるかちゃんだけに油断ならない。

（それにしても……）

いるかちゃんがシェイカーを振ってるところを見たのは初めてではないだろうか？　いるかちゃんこと阪東《ばんどう》いるかは高校生にも見える童顔だけど二十三歳の会社員だ。金曜日の夜だけ、このバーでバイトをしている。丸みを帯びたアイドル顔に栗色に光るボブカットのヘアスタイルがよく似合っている。

それにしても、いるかちゃんはいつの間にカクテルの修業をしたのだろう？　マスターよりも、よっぽど様になっている。

「そーなんすよ」

マスターがつまみのドライフルーツを口に入れながら応える。

「ここ渋谷の地に店を構えて以来、ろくな客が来ない。これがバーのマスターにとって悲劇以外の何物でもないことは火を見るよりも明らかで……。自分のことがかわいそうで仕方がない」

酷《ひど》いね。

厄年のときに口の悪いマスターと出会って、もう何年になるだろう？　同い歳《どし》だから、お互いにさらにいい歳《とし》になった。マスターは小太り……それも堅太りではなくて締まりのない皮膚の持ち主だ。目は細くて垂れている。

「かわいそうって？」

僕はマスターを無視して、いるかちゃんに探りを入れる。

ここは東京都渋谷区にある〈森へ抜ける道〉とゆうカウンター席だけの小さなバーだ。

もともと日本酒をワイングラスに入れて出すとゆう嫌みな演出の日本酒バーだったのだけれど、その後、マスターのあやふやな性格のせいか日本酒以外のお酒――ウィスキーやらラム酒やら――の割合がドンドン高まっていって今では日本酒をワイングラスで飲む事がほとんどなくなっている。

もっとも今日は初心に返って、とゆうべきかワイングラスに注《つ》がれた日本酒〈東一《あづまいち》〉を飲んでいる。佐賀の酒。蔵元自ら酒造米を栽培している拘《こだわ》りようだ。

つまみには焼き蛤《はまぐり》をいただいている。

「うまい」

焼き蛤を食べた途端に声が出る。この店の焼き蛤は炭火焼きだからガスの水っぽい火で焼いたものとは比べものにならない。

「よかった」

作ったのはいるかちゃんだったか。焼きたての蛤を熱々の汁ごと啜《すす》れば日本酒も進む。

「誰かカクテルを頼んだっけ？」

赤いカクテルを作り終えてカクテルグラスに注ぐいるかちゃんに訊《き》く。

「これは自分用」

「あ、そう」

「〈撫子《なでしこ》〉ってゆうの。あたしにピッタリのカクテルよ」

再び〝あ、そう〟としか応えようがない。

「日本酒ベースよ。この店にも合ってるでしょ？」

「たしかに」

「日本酒と卵白とレモンジュースとガム・シロップとグレナデン・シロップと氷をシェイ

カーにぶちこんでシェイクしたらできあがり」

グレナデン・シロップは柘榴《ざくろ》の果汁と砂糖からなるシロップだ。

「おいしいの？」

「もちろん。甘みと酸味のハーモニーが絶妙で飲みやすいわ」

言い終わるや否やいるかちゃんはグラスに口をつけて至福の表情を浮かべる。

店内はヨーロッパの古い館をイメージしたようなゴテゴテとした内装が施《ほどこ》されている。カウンター席だけの小さな店だけど奥の壁には大きな鏡が塡《は》めこまれている。

カウンター席には僕を含めて五人の客がいて僕はいちばんドアに近い席に坐っている。

「ところで、かわいそうって……」

僕は話を戻した。

「そうですね。〝かわいそうな人〟って誰のことか聞きたいですね」

山内《やまうち》が僕に賛同する。

山内は背の高い男で痩《や》せてはいるけれどその筋肉は強靭《きょうじん》そうだ。顔の輪郭は長方形で男っぽくはあるけど理屈っぽい性格のせいか陰気くささを発散している。言葉も丁寧なのだけど誰彼かまわず議論をふっかける悪癖を持っている。議論好きのせいか、どこか学者然とした風貌にも思える。口髭《くちひげ》と臙脂色《えんじいろ》の眼鏡をトレードマークにしたいようだけど誰もそれを話題にした事はない。

「ヤクドシトリオ同士は意見が合うわね」

実は山内と僕とマスターは、この店では〝ヤクドシトリオ〟とゆう、あまりありがたくもないグループ名で呼ばれている。別に本当にグループを組んでいるわけではない。いつも三人でくだらない昔話に興じているから、いつの間にか〝トリオ〟と認識されるようになって、そのときに三人がたまたま厄年だったから〝ヤクドシトリオ〟と呼ばれるようになったのだ。偶然ではあるけれどマスターの名前が島《しま》で僕の名前が工藤《くどう》だから、山内、工藤、島の頭の文字を繋《つな》げてもヤクドシトリオとなる。

「それはどうですかね」

僕がそう思ったように山内も〝ヤクドシトリオは意見が合う〟と言われた事を少し気恥ずかしく感じたようだ。だから疑問を投げかけたのだろう。意見が合う。

「山ちゃん、お代わりは？」

ミネラルウォーターを飲みほした山内にいるかちゃんが声をかける。

「では〈天狗舞《てんぐまい》〉を」

〈天狗舞〉は石川県の酒。ふくよかな純米酒。

「あら、いいの？」

山内は酒に弱く、この店でも普段はミネラルウォーターを飲むことが多いのだ。

「たまにはいいでしょう」

「あいよ」

客の注文にはあまりグダグダ言わないいるかちゃん。

「水割りで」

山内の注文に昭和のずっこけかたをするいるかちゃん。この辺はヤクドシトリオに気を遣《つか》ってくれているのだろう。

「それより〝かわいそうな人〟ってゆうのは……」

〈天狗舞〉の水割りを受けとると山内は話を戻す。

「宝石泥棒の被害者よ」

僕の事じゃなかったのか。ホッとした。見ると山内もホッとしたような顔をしている。

山内は山内で自分のことを言われたのかと心配していたのか。

「おとっつぁん」

いるかちゃんの答えを聞いてマスターがよよと泣き崩れる演技。

「それは言わない約束よ」

二点、解説しよう。

一点目はマスターが言った二つのセリフ「おとっつぁん」と「それは言わない約束よ」について。

これは昭和三十六年（一九六一年）から十年以上も続いた日本テレビの音楽バラエティ

番組『シャボン玉ホリデー』の中のコントで使われていた言葉だ。貧乏長屋の一室で父親役のハナ肇《はじめ》に娘役のザ・ピーナッツの二人がお粥《かゆ》を食べさせるシーン。ハナ肇が「すまないなぁ。俺がこんな軀《からだ》でなければ」と言うとピーナッツの二人が「おとっつぁん、それは言わない約束よ」と返す。その後で監督役のなべおさみが出てきたり植木等《うえきひとし》が出てきたりして笑いのシーンへと転換してゆく。

二点目は少々、重い話になる。

僕たち……僕と山内の二人は二年前に大がかりな宝石の窃盗事件を起こして逮捕されたのだ。

僕たちの犯行を暴《あば》いたのは東子《はるこ》さんだった。

野卑《やひ》な店の雰囲気とは相容れないと思われる深窓《しんそう》の令嬢、桜川《さくらがわ》東子さんだ。いちばん奥の席に坐っているクリーム色の簡素なワンピースに身を包んだお嬢さん……。ワイングラスに注がれた日本酒……〈春霞《はるかすみ》〉を飲んでいる。〈春霞〉は秋田県が生んだ香り豊かな大吟醸酒だ。つまみにはゴーダチーズが提供されている。

桜川東子さんは、とにかく美人だ。桜川東子さんを初めて見たときには、まずそう思った。背は平均より少し高めだろうか。愁《うれ》いを含んだまなざしは人を魅《ひ》きつける力を秘めている。玉を転がすような綺麗《きれい》な声をしているけれど話しかたは穏やかで奥床《おくゆか》しい。この店で初めて出会ったのは東子さんが聖シルビア女学園とゆう大学の二年生……二十歳《はたち》の時だったはずだけれど、そのとき十七、八歳に見えたことを覚えている。

僕たちのことを怪しいと睨《にら》んだ東子さんは店の奥の鏡をマジックミラーにして隠しカメラを仕込むことをマスターに提案した。そのカメラに僕と山内の犯行に関する打合わせの様子が写されて証拠となった。そして二年間、刑務所に服役していた。僕は現役の刑事だったにも拘《かか》わらずだ。そしてマスターはそのことを知っているし、いるかちゃんも知っているのだろう。そんな事情だから刑期を務め終えて自由の身になったとはいえ宝石泥棒の話は、あまりしてもらいたくない事は事実なのだ。

「言わないわけにはいかないでしょ〜。大きな事件なんだから」

マスターの提案は却下。

「それに渋谷では久しぶりに起きた宝石窃盗事件なのよ？」

今日のいるかちゃんは触れてもらいたくないところをグイグイと攻めてくる気がする。

「そういえば宝石窃盗事件は前にもありましたね」

まずい事に千木良《ちぎら》青年が乗ってくる。山内の隣に坐るイケメンの青年。背格好は山内とよく似ているが顔の造りがまるで違う。バタくさくて、ある種のオーラさえ感じさせる。

隣町の映画館に勤める映写技師で本人はミステリ映画、サスペンス映画が大好きらしい。それればかりか世間で起こった実際の事件の犯人を推測するのが趣味で、その的中率は百パーセントだと豪語していた。この店に来て東子さんと出会ってからは分《ぶ》が悪くなったけど……。

「そうよ」

「何年前の話でしたっけ？」

「二年前よ」

今夜のいるかちゃんにタブーはないのだろうか？

「二年前にここ渋谷の地で大がかりな連続宝石窃盗事件が起こったの」

千木良青年が頷《うなず》く。事件オタクの千木良青年なら当然、知っているだろう。たとえ千木良青年の趣味の対象が殺人事件だとしても。

「大きな事件でしたよね」

「そうよ。でも犯人は無事に逮捕されたわ」

いるかちゃんがチラリと僕を見た。ような気がした。

「犯人の逮捕によって渋谷区民は安心して眠れるようになった」

「宝石を持ってる人はね」

千木良青年の言葉をより正確に訂正する事を忘れないいるかちゃん。

「事実、それ以来、渋谷で宝石窃盗事件は起きてなかったわ」

「今回起きるまでは……ですか」

なぜか店内のいくつかの目が僕と山内に集中しているように感ぜられる。店内の雰囲気は僕と山内が避けたがっている話＝渋谷で新たに起きた宝石窃盗事件の話をしたがっているようだ。

「しょうがありませんね」

山内が降参。

「工藤ちゃんは？」

「異議なし」

宝石泥棒の話をすることに異議なし。異議を唱えれば余計に不自然に思われそう。

「じゃあ言うけど盗難の被害に遭《あ》った人が、かわいそうって話」

「そりゃあ、かわいそうでしょうけど」

相変わらず微妙な雰囲気は続く。

「自分の財産の一部を盗まれたんですからね」

「理不尽《りふじん》に自分の財産を盗まれるなんて、かわいそうよね」

話は続く。

「詐欺に引っかかって老後の生活費をすべて騙《だま》し取られた一人暮らしの老婆に比べれば？」

そうゆうニュースを聞くこともあるけど。

「盗難被害に遭ったことだけを言ってるんじゃないわよ」

「あ、言い訳しようとしてる」

マスターは言いがかりをつけようとしている。

「別に言い訳じゃないわよ。宝石盗難の被害に遭った九重《ここのえ》さんは二年前に奥さんも亡くなっているでしょう？」

「九重さんね。下の名前は何にします？」

いるかちゃんがさりげなく〝九重〟という仮名《かめい》の苗字で話を続けて山内がその事をごく自然に察して〝下の名前はどのような仮名にするか〟と尋《たず》ねる。阿吽《あうん》の呼吸か。

店内はもう夜の捜査会議に入っているようだ。

実はこの店では〝夜の捜査会議〟とも称すべき未解決事件に関する討議がたびたび催されるのだ。といっても、もちろん正式の会議ではない。ヤクドシトリオの中の一人が事件の話を始めて他の二人が話に加わる。いわば酒場の無駄話だ。その無駄話に、いるかちゃんや千木良青年が参加して、みんなで真相を推理し始める。

最初は三人だけだった。マスターと僕と山内のヤクドシトリオだけ。犯人がまだ捕まっていない未解決事件の話を三人でしていた。酒場のたわいない世間話とも言えるし元刑事で現探偵とゆう僕の立場が影響していたのかもしれない。

そこに桜川東子さんがやってきた。旅人が山の中の一軒家に迷いこんでしまう迷い家《が》の民話のように、この店にやってきてしまったのだ。

そのとき東子さんは、われわれヤクドシトリオが話していた未解決事件の話を脇で聞いていただけで真相を言い当てた。犯人を指摘したのだ。

結果――。

東子さんが指摘した犯人が真犯人だったと判明した。

その後も東子さんは毎週、金曜日になるとこの店にやってくるようになり、その都度、われわれの話を聞いただけで未解決事件を解決してしまうのだ。

いつしかついた渾名《あだな》が〝アリバイ崩しの東子〟。とゆうのも最初の九つの未解決事件は、すべて犯人と思《おぼ》しき人物に鉄壁のアリバイがあったのだ。その完璧《かんぺき》なアリバイを東子さんは話を聞いただけで崩してしまうのだから特殊能力だ。

東子さんが事件を解決するのは、いつも夜の八時三十分頃だった。その時間に店を出ないと門限に間に合わないのだろう。東子さんが事件を解決するその時間になるとマスターは自ら酒を飲んで酔いつぶれ〝なんだか表にねずみの鳴き声が聞こえたぜ。今日はもう店じまいだ〟と呟《つぶや》いて床に崩れ落ちるのが常だった。

そして……。

最後の九つ目の事件の犯人は僕と山内だった。殺人事件ではない。宝石泥棒だ。そのころ渋谷で連続して起きていた宝石窃盗事件。その犯人が僕と山内だったのだ。その謎《なぞ》を東子さんは見事に解き明かした。

東子さんに頼まれて隠しカメラを仕込んで以降、マスターは東子さんが店を出た後に酔いつぶれるようになった。その事に関して東子さんはこう推理した。真相を暴かれるのを恐れた僕らがマスターのグラスに睡眠薬を混ぜて眠らせていると……。

鏡に隠しカメラを仕込んだ数日後……。

僕と山内は逮捕された。そして刑務所に送られて二年間、服役した。

東子さんを恨《うら》んではいない。悪いのは僕たちだからだ。罪を犯した者は裁かれる。当たり前の事だ。そして東子さんは善良な市民として犯罪者を告発した。これも天晴《あっぱ》れな行為だ。

そのことを僕も山内もよく判っている。だからこうして何事もなかったかのように再会して話ができるのだ。

犯してしまった事の言い訳はしない。貧しい人のために分け与えたと僕らのことを義賊扱いした小さな記事もあったけど、いちばん貧しかったのは僕たちだから。

僕たちは資産家から宝石を盗んで換金して得た金を養護施設に匿名《とくめい》で寄付して残りは自分たちで分けていた。逮捕された後もどこの施設に寄付をしたのかは供述していない。それどころか寄付をしたことさえ話していない。警察には「使ってしまった」で押し通した。言えば寄付先に迷惑がかかると思ったからだ。その思いは山内も同じだった。

結果、僕たちが宝石窃盗によって得た金の行方《ゆくえ》は僕と山内が山分けした分以外は解明されないまま刑期を終えた。警察も〝ぜんぶ使ってしまった〟とゆう期せずして僕と山内が別々に供述した内容を信じるしかなかった。

僕たちは二年の刑期を務め終えて社会に戻ってきた。僕は警察を辞めて探偵業を始めた。犯罪を犯した僕が罪を法律的にきちんと償《つぐな》ったとはいえ第二の人生に探偵業を選ぶことには申し訳ないような烏滸《おこ》がましいような気持ちもあったけれど他にできることがない。やる以上は罪滅ぼしの意味も込めて人の役に立ちたいと殊勝《しゅしょう》な気持ちで立ちあげた。幸いなことに軌道に乗って経営は何とかやってゆけている。

「被害者の仮名は九重……。下の名前は鋭一《えいいち》でどうかしら？」

「なぜ鋭一？」

「なんとなく」

「異存ありません」

「了解」

マスターと僕が次々に了承するといるかちゃんは「山ちゃんは？」と最終確認する。

「OKです」

異議を唱える人がいないので被害者の仮名は、いるかちゃんが提案した九重鋭一に決定。

「九重鋭一の奥さんの名前は？」

いるかちゃんが植田《うえだ》刑事に訊く。

「それは……」

言いよどむ植田刑事。

「何だと思います？」

「そうねえ」

いるかちゃんが考える。

「富美子《ふみこ》でどうかしら？」

「それでいいでしょう」

「決定」

マスターの裁断により九重鋭一の奥さんの名前は富美子に決定。

「富美子は鋭一よりも三つ年上です」

マスターが森進一《もりしんいち》の『年上の女《ひと》』を歌ってすぐにアンサーソング的なキャンディーズの『年下の男の子』に切り替える。

「背が高くてスタイルのいい女性でね。顔は派手めでしたね。目も鼻も大きい造りです。美人と……言えなくもないのかなあ」

植田刑事が真剣に悩んでいる。そんなに美人ではないと予想。

「とにかく九重鋭一と富美子ですね」

山内が被害者の仮名を確認するように言う。

山内も僕と同じ時期に出所したけれど連絡は取りあっていなかった。過去は過去だ。ところが……。

腐れ縁とゆうのか僕も山内もこの誘蛾灯《ゆうがとう》のようなバーに吸いよせられて再会してしまった。二人はまた会話を交わすようになった。山内は自分の出所後の職業について最初は言葉を濁していたけれど、どうやらフリーライターのような事をしているらしい。

私生活では山内の奥さんは籍も抜かずに山内の帰りを待っていた。ちょっと悔しい。僕は相変わらず独身で一人暮らしだ。

そんな僕と山内が偶然にもこの店で再会してしまったのが夜の捜査会議まで再開される最大の原因となっている。いや偶然じゃなくて必然か。二人ともこうなる事は判っていたのだから。

そして東子さん……。

桜川東子さんが、この店に愛想を尽かさずに未だに顔を見せてくれている事も必然なのか。そう思いたい。

ただし東子さんには門限がある。夜の八時半にはこの店を出なくてはいけないのだ。気配から察するところ表に車を待たせているようだ。父親が雇った運転手だろう。そんな深窓の令嬢であらせられる東子さんと捜査会議とはいえ酒を飲みながら話せるのだからヤクドシトリオの面々にとっては僥倖《ぎょうこう》と言うべきだろう。

この会議は仮名で行われる。

いくら酒場の馬鹿話とはいえ人のプライバシーを大声で話すのは憚《はばか》られるとゆう暗黙の共通認識があったうえに僕が刑事であり後に探偵業を営んだことが大きく影響している。

この店で話される事件は、もともと僕が職業上、関わった事件が多かったのだ。なので守秘義務もあり実名では差し障りがあった。

その後、僕が受け持つ事件とは関係のない話も増えていったけど仮名の話しあいは自然の流れで継続されている。探偵としての守秘義務のない事件の話でも未解決事件であるから、この店で犯人だと名指しされた人物が本当に犯人かどうかも判らない。下手《へた》をすれば名誉毀損《めいよきそん》になる恐れもある。

「だけど渋谷にも、そんなお金持ちがいたのねえ」

「被害者宅は渋谷区松濤《しょうとう》です。高級住宅街ですよ」

植田刑事が言う。

植田刑事は最近この〝夜の捜査会議〟に参加するようになった現役の刑事だ。僕が刑事をやめた今でも事件の関係者を実名で呼ぶことができない所以《ゆえん》である。

植田刑事は警視庁の刑事だ。銀縁《ぎんぶち》眼鏡の奥に覗《のぞ》く目は細い。体格は小柄（スツールに腰かけると足が床に着かない）ながら頭がやけにでかい。頭髪は薄く、なおかつ少ない頭髪を精一杯伸ばしてオールバックにしている。その分、額《ひたい》がかなり広くなっている。年齢は五十歳ぐらいだろうか。ヤクドシトリオの懐かし話に参加してもいいぐらいの年齢に見えるけど事件の話以外で参加していた記憶がない。

「被害者は高級住宅街に住んでたのね」

「それも豪邸です」

植田刑事が応える。

「鉄筋造りの二階建てで一階が八十平米《へいべい》ぐらいはありましょうか」

「松濤でそれは凄《すご》いわね」

「しょうとう凄いです」

植田刑事が思わず笑いそうになって堪《こら》えたようだ。

僕と山内が服役している最中に植田刑事はこの店にやってきた。最初は偶然、フラリとやってきたらしい。その時は渡辺《わたなべ》みさとゆう若い女性刑事も後から合流した。

渡辺みさと刑事は交通課から警視庁捜査一課へ異動になったとゆう変わり種だ。歳は二十代半ばだろうか。植田刑事よりも背が高く顔も可愛《かわい》らしい。甘ったるい声と喋《しゃべ》りかたは僕の抱《いだ》いている刑事のイメージとは少しズレているけれど。しかも食べ歩きが趣味で、うち解けやすい砕けた性格の持ち主でもある。またミステリ小説好きで宮部《みやべ》みゆき、有栖《ありす》川有栖《がわありす》、京極夏彦《きょうごくなつひこ》がお気にいりとゆう点も好感が持てる。

「一階には広いリビング、ダイニング、和室、浴室などがありまして二階に書斎や寝室などがあったようですな」

さすがに植田刑事は詳しい。

二人の刑事は偶然この店にやってきて偶然〝夜の捜査会議〟の場に居合わせ偶然、東子さんの名推理を目撃する事になった。

そう。夜の捜査会議は僕と山内の留守中にも行われていたのだ。

僕たちの事件の後、最初は東子さんはマスターと話の整理に訪れたのではないだろうか。〝話の整理〟とゆうのは僕と山内のことだ。仲間だと思っていた僕と山内が実は窃盗犯だったのだ。その裏切り行為は本当に申し訳なく思っている。東子さんもマスターも何か話さずには心の整理がつかない。そう思って東子さんはこの店にやってきたと推測している。

そして……。

東子さんがやってきたその日に偶然にも二人の刑事もこの店にやってきた。二人の刑事は捜査中の事件についての話を始める。もちろん仮名を使って内部情報が漏《も》れないように気を遣いながら。それを横で聞いていた東子さんは、いつか僕たちにしたように話を聞いただけで事件を解決してしまった。二人の刑事は味をしめて東子さんの推理を聞くべく足繁くこの店に通うようになった。

そうマスターから聞いている。

もっとも渡辺みさと刑事の方は、このところ店に来ていない。おおかた最初は植田刑事にパワハラ的に連れてこられたのだろうと推測している。

それらのことを僕は小説に書いた。自分たちが通っていた〈森へ抜ける道〉とゆう、このバーを舞台にしたミステリ小説だ。

執筆場所は刑務所の中。幸か不幸か時間だけは充分にあった。

登場人物は〈森へ抜ける道〉に関わる実在の人物がほとんどだ。名前も、そのまま使わせてもらっている。出版できる当てもなかったので実名でもかまわないと思ったからだ。

ところが、ひょんな事から出版する運びとなって実名のまま出版されてしまった。タイトルは『九つの殺人メルヘン』。九編の短編から成る連作短編集だ。実際に起きた殺人事件をバーの会話だけでグリム童話に準《なぞら》えて解決する物語。実際にこの店で起きた事だ。

もちろん現実と違うところも多々ある。たとえばマスターの人となり。現実のマスターは多少、おちゃらけているところはあるにせよ読書家で物知りなのだ。それなのに小説では、どんどん暴走させてしまった。これも刑務所内での妄想だから勘弁してもらいたい。

その後も僕は小説を書き続けた。マスターから聞いた東子さんの活躍を描いた短編だ。

二冊目は『浦島太郎の真相』。八件の殺人事件を日本の昔話に準えて解決している。

三冊目は『今宵、バーで謎解きを』。七件の殺人事件をギリシャ神話に準えて解決。

四冊目は『笑う忠臣蔵』。六件の殺人事件を歌舞伎に準えて解決。

五冊目は『オペラ座の美女』。五件の殺人事件をオペラに準えて解決。

六冊目は『ベルサイユの秘密』。四件の殺人事件を宝塚《たからづか》の演目に準えて解決。

七冊目は『銀幕のメッセージ』。三件の殺人事件を映画に準えて解決。

八冊目は『テレビドラマよ永遠に』。二件の殺人事件をテレビドラマに準えて解決。

(もう何作、書いただろう?)

ザッと頭の中で数えると四十四作か。それだけの数、この店で〝夜の捜査会議〟が行われてきた事になる。

(大変な数だ)

そう思った。そして今夜も……。

「植ちゃん、九重鋭一の年齢は?」

いるかちゃんが訊く。

「四十二歳です」

〝植ちゃん〟とゆうのは植田刑事の事だ。植田刑事の事を〝植ちゃん〟と呼んでいるのは、この店ではいるかちゃんだけだ。なにもいるかちゃんが植田刑事と、もともと知りあいだったとか特別に親しいわけではない。いるかちゃんの〝年上の人を年上とも思わない物怖《ものお》じしない性格〟の故だ。それを嫌みに感じさせないところが、いるかちゃんの得なところだろう。

「人となりは?」

「穏やかな人ですよ」

実際に会った事のある植田刑事が言う。

「かなり大柄な人で、がたいはいいんですが柔和な笑みを絶やさない人でしてね。語り口もソフトです」

「だから人望があって、お金持ちになれたのかしらねえ」

「そうかもしれません。儲《もう》けたお金を寄付したりしてますから」

「匿名で？」

「いえ。会社名義です」

「税金対策か」

いるかちゃんの穿《うが》った見方。

「最近、匿名で学校図書館に寄付をしている人がいなかったっけ？」

「いましたね」

いるかちゃんの問いかけに千木良青年が答える。

「新聞で読みました」

「そう言えばそんな人がいましたね。誰でしたっけね？」

「匿名だから判らない」

山内のボケにマスターが応えるのは珍しい。

「あたしも新聞で読んだわよ。予算がなくて機能していない学校図書館に匿名の寄付があって……。そうしたらその学校図書館は見違えるように立派になったって」

「ありましたね」

植田刑事も知っていたか。

「奇特な人もいるものですな」

マスターがシガレットチョコを小粋《こいき》に銜《くわ》えて応える。

「それも寄付された図書館は一校や二校じゃないはずよ」

「全国規模じゃありませんでしたっけ？」

千木良青年の問いにいるかちゃんは「そうよ」と答える。

「よっぽど学校図書館が好きなんでしょうな」

マスターが小粋に銜えたシガレットチョコをバリバリと噛《か》み砕きながら言う。

「図書館を守るのは大切な事だと思います」

東子さんが言った。

「同感ですな」

マスターは寄付した人を少し揶揄《やゆ》するようなニュアンスじゃなかったっけ？

「だよね」

いるかちゃんは素直に東子さんの意見と同意見だと信じられる。

「阪東さんも図書館は守られるべきだと思ってるんですね？」

千木良青年の問いにいるかちゃんは「もちろんよ」と答える。

「何から守るのさ～」

「マスターは『図書館戦争』観《み》なかったの？」

「観てないんでさ～。原作は読みましたけど」

そっちは読んでるんだ。

「図書館に何かが攻めてくるんだよね？」

読んだことは読んだけど、かなりのうろ覚えのようだ。

「『図書館戦争』はともかく東子が言いたいのは図書館を衰退から守るって事でしょ」

「図書館って衰退してるの？」

マスターの素朴な疑問。

「図書館数は年々、増えています」

山内が俯《うつむ》いて答える。

「発展してんじゃん」

「学校図書館はどうかしら？　最近は若者の活字離れってよく聞くわよ」

「若者の何々離れって活字離れが最初じゃない？」

たとえそうだとしても今は初出論議は関係ない。

「活字離れは最近とゆうより、かなり前から言われているような気がしますね」

若い千木良青年が言う。

「昔から活字離れだったのかしら？」

「明治時代の小説の発行部数は今よりずっと少なかったと聞いた事があります」

「そうなんだ。だったら明治時代から活字離れだったのかもしれないわね。読んでいたのは学生や一部の読書人だけで」

「しかし火のないところに煙は立たずと言いますぞ。あちきの若い頃は誰しもが読んでいた新潮《しんちょう》文庫の名作群が今では書店に見当たらず」

「代わりに新しい作家の新しい小説が増えてるんじゃない？」

「ギャフン」

昭和語で言い負かされるマスター。

「〝最近の若者は活字を読まなくなった〟ってお年寄りが言いそうなセリフではありますね」

「あ、偏見」

「すみません」

マスターの抗議に素直に謝る千木良青年。

「でもマスター。お年寄りかどうかはともかく、どの時代の小説を読んでも〝最近の若い者は〝って言葉が出てくるわよ」

「認めましょう」

素直なマスター。

「阪東くんがきちんと学者のように様々なデータを検証したわけではなく自分の印象だけで語っているとしても概《おおむ》ね認めましょう」

素直に認めればいいのに。

「たしかに夏目漱石《なつめそうせき》にもそんな文言《もんごん》があったような気がしますよ」

千木良青年のように。

「その話は置い、とい、て」

置いとかれた。分が悪くなったことを察したのか。因みにマスターがやった〝置い、とい、て〝の言葉と共に荷物を移動させるジェスチャーはこの店ではおなじみのものだ。

「活字離れはともかく出版不況も言われて久しいですぞ」

置いといた割には大して話題が飛んでいない。

「そうねえ。出版不況は、いつごろから言われたのかしらね。十年ぐらい前かしら？」

「市場規模で言いますと」

山内が俯きながら言う。

「出版産業の市場規模がピークだったのが一九九六年ですね」

「その後は下り坂？」

「そうです」

「だったら出版不況はその辺《あた》りから徐々に言われ始めたのかしらね」

「そうでしょうね」

山内が応えるといるかちゃんは「出版不況の原因は何かしら？」とさらに疑問を重ねる。

「いろいろあるでしょうけど……。取次《とりつぎ》を通す構造の問題とか」

「でも構造は一九九六年前後に大きく変わったって事はないのよね？」

「ないようですね」

「だったら別の原因があるはずよ。読者の趣味の多様化とか」

「なるほど」

山内は眼鏡の柄を摘《つま》むと「テレビの普及がかなり大きな要素ではないでしょうかね」と続ける。

「それもあるんでしょうけどテレビが普及したのって随分前よ。少なくとも一九九六年よりもずっと」

その辺りの事情はヤクドシトリオの方がいるかちゃんよりもよく知っている。

「インターネットが普及したのっていつごろ？」

「ええと」

「山ちゃん、スマホで調べてくれる？」

見抜かれてる。今まで山内が俯き加減に答えていたのがスマホを隠し見ていたのだと。

「あ、いえ」

「隠さなくてもいいわよ」

いるかちゃんが少し笑いを堪えたような顔で言う。

「日本でインターネットサービスプロバイダがサービスを開始したのが一九九二年ですね」

山内も観念して堂々とスマホを見ながら答える。

「その後、ＮＴＴのテレホーダイが一九九五年」

「ありましたなあ」

「一九九六年にはＹａｈｏｏ！ＪＡＰＡＮ」

「ありましたなあ」

針の飛んだレコードのようになったマスター。これも昭和世代にしか判らない比喩《ひゆ》か。

「その頃のインターネットの普及率は？」

「三・三パーセントです」

「まだ低いわね」

「翌一九九七年にはＯＣＮの常時接続サービスも始まって普及率も九・二パーセントに上

がります」

「まだ低い」

いるかちゃんがテレビ局の会議で看板番組の視聴率の微増を報告された編成部長のような口調で言う。

「二〇〇〇年には普及率は四〇パーセント近くまで上昇します」

「よし」

何が〝よし〟なのかよく判らないけど。

「インターネットの普及と出版不況が符合しない？」

「するような気もしますね」

山内がいるかちゃんに洗脳されたか。

「インターネットの普及率の上昇線と出版界の市場規模の下降線が一九九六年を境に交差してるんじゃないかしら」

「その辺りを境に読書にかける時間も減ったんですかね」

「そんな気がするわよ」

いるかちゃんと山内で話が完結。

「そういえば昔は電車で坐っている人は文庫本を読んでいた人がすごく多かったけど今はほとんどスマホを見てますね」

千木良青年が言う。

「そうね。スマホで読書してる人もいるでしょうけど少数派じゃないかしらね。大抵はゲームかニュースか動画かSNSだと思うわ」

「電源を入れずにただスマホ本体を見てる場合を忘れてますぞ」

怖いよ。

「千木良くんはどうなの？　電車の中」

「僕はだいたい読書をしています」

「あたしもそうねえ」

「この店に集う人々はそうゆう傾向が強いかと」

案外、読書好きのマスターが引き寄せているのかも。

「植田刑事を除いて」

当て推量による決めつけもマスターの得意技だ。

「たしかに私は電車の中で本は読みませんねえ」

たまに当たるから侮《あなど》れない。

「さしずめ植ちゃんならスポーツ新聞か男性向け週刊誌でしょう」

「いや、やっぱりスマホですね」

「あ、そうか。スマホでもエロサイトが観れるもんね」

いるかちゃんも植田刑事が観ているのがエロサイトだと決めつける。反論しないところを見ると当たっている可能性あり。

「図書館が増えてるって言ったけど電車の中の様子を見ると読書人口はやっぱり減ってる感じがするわ」

「それを守りたい……。桜川さんはそう考えているのですね？」

「はい。メルヘン……ひいては物語を研究している者として」

東子さんがそう言ってくれるのは頼もしい。

「学校図書館だって、きちんと機能しているところもあるでしょうけど衰退気味のところもあるんじゃない？」

「今回の匿名の寄付は衰退気味のところばかりに行われたようですな」

「衰退しているところがどうして判ったのかしら？　犯人は学校図書館関係者？」

寄付しただけだから犯人じゃない。

「データベース化された所有本の増加数や貸出冊数を見たんでしょうかね」

ネットを介して様々なことが判る時代。

「読書離れのことを考えると館数が増えているとはいえ一般の図書館も、うかうかしてられないわよね」

「図書館はうまく利用すれば〝あらゆる知識が得られる知の宇宙空間〟とも言える素晴ら

しい場所なんですけどねえ」

山内が言うと「知識だけじゃなくて娯楽もありますぞ」とマスターがつけ加える。

「大衆小説、エンタメ小説ね」

「そうです。もちろん知を娯楽と捉《とら》える事もできますがな」

今日のマスターはどこか知的に思える。

「別の見方をすれば小説も広い意味では情報よね」

今日はいるかちゃんも知的に見える。

「とにかく無限の情報と娯楽が誰でも自由に利用できるなんて図書館って素晴らしいわよね」

「ただ」

千木良青年が何か言おうとしている。

「知る権利を保障したり誰もが自由に利用できるのは貴重ですけど、それってスマホも同じじゃないですか？」

みな期せずして千木良青年に目を向ける。

「たしかにスマホがあれば何でも調べられて小説も漫画も読めるわよね。誰もが自由に利用できるし」

「スマホの出現で図書館の優位性が揺らいでいるわけですか」

山内が言う。図書館にとって由々《ゆゆ》しき問題。

「図書館がスマホよりも優位な点ってないんでしょうかね」

千木良青年の問題提起にみな黙りこむ。

「あ」

いるかちゃんが声をあげる。

「思いついたんですか？」

山内の問いかけにいるかちゃんが頷く。

「何ですか？」

「図書館は無料で利用できる」

一瞬、虚《きょ》を突かれたのか誰も返事をしない。

「そんな、さもしいこと」

マスターがそう言いかけたとき東子さんが「その通りですね」と応えた。

「なんですよね。さもしいことと考える方がさもしいことで」

マスターの瞬時の宗旨《しゅうし》替え。ちなみに〝さもしい〟とは〝心が卑《いや》しい、あさましい〟といった意味だ。おそらくマスターは昔やってたNHKの人形劇『新八犬伝《しんはっけんでん》』の中で網乾《あぼし》左母二郎《さもじろう》が登場するときの紹介ナレーション〝さもしい浪人さもじろう〟でこの言葉を覚えたのだろう。

「そうよ。無料で利用できるって大きいわよ」

「読書離れと言われているのに、どうして図書館の館数が増えているのかとゆう疑問の答えの一つにもなりそうですね」

「そうよ千木良くん。スマホの場合は本を読むのだって本を買うんだから有料よね」

「細かいことを言えば通信料もかかりますし」

「タダっていいわよね」

「タダより怖いものはない」

「ハイ、みなさんには〈桜川《さくらがわ》〉の大吟醸をどうぞ。これはタダよ」

怖い。ちなみに〈桜川〉は東北南部杜氏《なんぶとうじ》が丹誠《たんせい》込めて仕込んだフルーティで格調高い味わいの日本酒だ。山形県の桜川渓谷からその名が採られた。

「ただ……」

「阪東くん。それは無料って意味のただ？　それとも前に述べたことに対して留保や注釈、条件などをつけ加えるために挟《はさ》む接続詞としてのただ？」

接続詞の方だろう。誰も答えないけど。

「無料《ただ》で本が読めるって出版に携《たずさ》わる人たちにとったら死活問題じゃない？　出版業って本をお金を出して買ってもらって初めて成りたつんだから」

「たしかにそうですね。図書館の必要性は大いに認めますが……」

「絶対に必要よ。図書館は基本的人権の一つである知る権利を支えてるんだもん」

「だからこそ一九五四年に全国図書館大会と日本図書館協会総会で〝図書館の自由に関する宣言〟が採択されたわけですからね」

千木良青年は物知りだ。

「ボストン公共図書館の設立も学校以外の場所でも無料で勉強できる場が必要だとゆう考えを基《もと》にしているはずですよ」

「高邁《こうまい》な理想に基づいて設立されているのねえ」

「それだけに図書館も厳しく査定されるようですね」

なんだか、いるかちゃんと千木良青年だけで話してないか？

「行政が評価したり自己評価も行ってるみたいですから」

「評価指標は？」

「詳しくは知りませんけど貸出点数も重要な指標の一つですね」

「だったらベストセラーになるようなエンタメ小説を大量に仕入れたら評価も高くなりそうね」

「そうなりまさあね」

マスターも話を聞いてたのか。

「だからといって同じ本を大量に仕入れるのは問題ですぞ」

話にも参加できる。

「そうよね。図書館で借りられれば新刊書店で買わなくていいんだもんね」

「それだけ売れる部数が減ります」

「図書館が購入する事によって売上部数が伸びるとゆう側面もあるんじゃないですか？」

「あ。図書館も自分の館に揃《そろ》える本は買ってるんだ」

「そりゃそうです」

マスターが応える。読書に関してはいるかちゃんよりも年季が入っている。

「図書館って全国で何館ぐらいあるのかしら？」

「約三千三百館ですかね」

山内が俯いたまま答える。

「二〇一七年のデータですけど年々、増えてるはずです」

「だったら、そのすべての図書館が本を購入したら、その本は三千部は売れるわね」

「昨今の出版事情を考えますと、かなりの数かと」

山内が眼鏡の柄を右手で軽く持ちあげながら言う。たしか単行本の初版部数が数千部の本が多いと聞いた事がある。

「でも、すべての図書館が購入するとは限らないんじゃないですか？」

「仮に全館の三分の一程度しか購入しなかったら約千部。それでもそれなりの数字かと」

千木良青年は一旦、頷くと「でも同じ本を十冊買うなら違う本を十冊買う方が良いような気もしますね。図書館本来の目的からしても」と続けた。

「現在の図書館はベストセラーだからといって同じ本を数十冊も買うところは少ないようですよ」

「そうなんですか」

少しはあるんだ、と思った。

「数十冊買うところもあるようですが少数派でしょう。多くの図書館は一館当たり二冊といったところでしょうか」

「わかりました」

「図書館は本を買わなくても読めるんですから書店にとってはライバルでしょうけど」

「それは言えますね。ただ図書館で読書の楽しみを覚えて、それがやがて書店で本を買う行為に繋がらないとも限らず」

「気の遠くなるような話ね」

「急がば回れです」

「いずれにしろ図書館も出版社も書店も著者も同じ出版業界の仲間なのよね」

「読者も」

マスターが良いこと言った。

「いずれにしろ篤志家《とくしか》の寄付で寂《さび》れた学校図書館が甦《よみがえ》るんならけっこうな事じゃない」

「その篤志家が九重鋭一氏である可能性」

マスターが呟く。

「九重鋭一さんは名前を出して寄付する人だから匿名で学校図書館に寄付した人とは違うわよね」

「ですな」

「九重鋭一さんの職業をまだ聞いてなかったわね」

夜の捜査会議が本格的に始まったようだ。さしずめ、いるかちゃんは夜の捜査本部長の様相を呈《てい》している。

「会社を経営する社長です」

自然に丁寧語で答える植田刑事。

「へえ。社長さんかぁ。だからお金持ちなのね」

「阪東くん。社長と言ってもピンからキリまであるのですぞ」

キリの方のマスターが言う。

「九重さんはピンの方でしょうかね。渋谷区松濤に豪邸を構えているぐらいですから」

「どんな会社を経営してたの？」

「輸入雑貨の卸《おろし》販売です」

「それってそんなに儲かるんだ」

「やりかた次第ではありましょうが」

正論。

「会社の規模は？」

「社員数は社長を含めて十人ですね」

「意外と小さいわね」

そう思った。

「十人の内訳は？」

「社長の九重鋭一。企画の秋山《あきやま》。経理の源田《げんだ》。広報の外崎《とのさき》。営業の山川《やまかわ》、森《もり》、中村《なかむら》。バイヤーの栗山《くりやま》、金子《かねこ》、メヒア」

外国人もいるんだ。

「経理や事務は女性？」

「男性です。社員全員が男性なんですよ」

「それはそれで珍しいわね」

「言われてみれば珍しいですね」

千木良青年が応える。

「社員全員が女性とゆう会社はテレビで取りあげられているのを観た記憶があります」

「規模の小さい会社……たとえば社員数が三、四人の会社なら男性だけ、女性だけも充分ありえましょうが」

植田刑事の言葉にいるかちゃんが「十人だと微妙ね。女性が一人ぐらいいた方が職場が華やいで良いような気もするけど」と応じる。いるかちゃんは自分を〝職場の華〟と捉えているようだ。

「経理か事務は女性かと思いました」

「山内君。職種によって性別を規定するのはジェンダーの観点からはどうかと」

マスターがまともな事を言った。

生物学的な性差ではなく社会的、文化的に形成された男女の違いをジェンダーと呼ぶ。男は働き女は家庭を守るとゆう長らく続いた社会通念が男女の役割を予《あらかじ》め決めてしまっているような。

「いずれにしろ少人数の会社かと」

植田刑事が話を戻す。

「その規模で儲けは、かなりのものがあったみたいだから少数精鋭なのね」

「企画の秋山はヒット企画を量産しています」

「打率が良いのね」

「経理の源田は会社の経営をしっかりと守っています」

「守備が良い……」

「広報の外崎はパンチ力のある広報で会社の業績を伸ばすことに貢献しています」

「営業の人たちは？」

「山川も森も中村もホームラン級の大型契約を連発」

「バイヤーの三人は？」

「栗山は堅実な仕事ぶり。金子は機動力があります。メヒアは最近、調子を落としています」

ちょっと心配。

「社員たちは、なんだか仲が良さそうな印象を受けるわね」

「実際に家族的な会社だったようです」

「社長の人徳かしら」

「岸部《きしべ》の一徳《いっとく》でしょう」

「社長の奥さんが亡くなったときには社員たちも心を痛めたでしょうね」

「そりゃあもう」

植田刑事はかなり九重鋭一氏の会社について知っているようだ。

「社員たちは奥さんとは顔見知りだったの？」

「社長宅に招待される社員たちもいたようですから顔見知りの人もいたでしょうね」

「その奥さんが亡くなって……」

「社員たちの気持ちも沈んだでしょうけど残された人の中で最たる当事者である鋭一氏はかなり落ちこんだ様子を見せていたようです」

「当然よね。何をする気にもなれず……。家の中は荒れ放題じゃないかなあ……。誰か家の面倒を見てあげる人はいたのかしら？」

「そうゆう人はいないようでしたね」

「会社の人で見てあげる人がいれば良いんだけど男性社員ばかりじゃねえ」

いるかちゃんが嘆息する。

「女性社員がいれば奥さんがいなくなって荒れちゃった社長宅のことも細かくケアできたんじゃないかしら」

「女性社員はいませんでしたが営業の森氏とバイヤーの栗山氏が甲斐甲斐《かいがい》しく社長宅に詰《つ》めて腑《ふ》抜けのようになった社長の世話を焼いたり慰めたり励ましたりしたようです」

「それは良かったわ。そうゆう気の利《き》いた社員の人がいて。まさに女房役ね」

「特に森氏は独身ですから比較的時間の自由も利いて一生懸命世話をしたようです」

「栗山さんは家庭持ち？」

「そうです。これが絵に描いたような子煩悩《こぼんのう》タイプの人でして」

「社長の世話を焼く時間は必然的に森さんの方が多くなりそうね」

「森氏は社内では阪東さんの言ったように女房役なんて言われていたみたいです」

「やっぱり」

ちょっと得意げないるかちゃん。

「本当の女房はかわいそうな事になっちゃったけど」

ちょっとしんみりするいるかちゃん。

「奥さんも生きてる間はいい目を見たんでしょうがねえ」

山内が下世話な感想。

「儲けたお金で豪邸を建てて宝石を買って……。宝石は奥さんが集めたんでしょうね？」

「そうでしょうね。鋭一自身は本来、質素な暮らしぶりらしいですから」

植田刑事が答える。

「宝石に限らず物を集めるとゆう事をあまりしない。洋服もあまり持ってない」

「お金持ちにしては珍しいわね」

「一つ買ったら一つ捨てるとゆう習慣が子どもの頃から身についているようで」

マスターが百恵《ももえ》ちゃんの『夏ひらく青春』を口遊《くちずさ》む。

「でも潔《いさぎよ》く捨てちゃうところは、お金持ちらしいかもしれないわね」

「ときめかない物は捨てた方がよろしいかと」

そのメソッドを奥さんに教えて数ヶ月後に奥さんに捨てられたマスター。

「新しい服を買ったら古い服を一つ捨てる。新しい靴を買ったら古い靴を一つ捨てる」

「その結果、保管スペースは狭くならない、か」

「そうゆう事です。そのやりかたは鋭一氏も自慢だったらしくて部下にもそうするように言っていたそうです」

「強制されても……」

「でも植ちゃん、詳しいわね」

「複数の社員のかたにいろいろと聞きましたから」

「社員にも聞いてるんだ」

「一応は」

植田刑事はグラスを手に持つ。

「お金持ちって、たくさん靴を持ってるもんだと思ってましたけどね」

「そんなイメージあるわよね」

「数は少なくても一足一足は高級なものですよ。すべてオーダーメイドですし」

「オーダーメイドは良いわね。靴って足に合うか合わないかが大事だと思うから」

マスターが大事MANブラザーズバンドの歌を口遊む。

「あたしの家の近所にもオーダーメイドの靴屋があるわよ」

そういえばいるかちゃんがどこに住んでるか聞いたことがなかった。おそらくこの店の近くだとは思うけど。

「その店は顧客の足のサイズはもちろん定期的に靴底の減り具合までチェックしてくれるのよ」

「ずいぶん良心的な店ですね」

「店主がドイツに留学して勉強したらしいわ。自慢げに店のドアに貼り紙をしてアピールしてた」

「九重鋭一氏の利用していた靴屋もそのタイプだったようですね」

「同じ店かしら？　ハナダって店よ」

「そーゆーローカルな話題は今は……」

「そうだったわね。今は捜査会議の最中だもんね」

いるかちゃんもこの場を捜査会議と捉えていたのか。

「九重鋭一氏がいつも行く靴屋は新宿のデパートにある店舗です」

「じゃあ違うわ」

解決。

「いずれにしてもお金に余裕があるからオーダーメイドを選べるんでしょうな」

「お金に余裕……。鋭一社長、再婚する予定はないのかしら？」

「いるかちゃん。玉《たま》の輿《こし》を狙《ねら》ってる？」

「実際に会ってみて、それほど変な人じゃなければ」

現実的に考えていたのか。

「そーゆー悪い女がいっぱい言いよってきそうですなあ。ガハハハハハ」

マスターがガラガラ声で言う。

「あら、あたしは悪い女じゃないわよ。夢見る女」

ものは言いよう。

「実際に九重鋭一氏には資産目当ての女性が群がったようです」

「じゃあ鋭一社長はその内の誰かといい仲になったってゆうの？」

「いえ。奥様亡き後、鋭一氏を守る森氏が群がる女性たちから完全にガード」

「余計なお世話ね」

「阪東くん。純粋な愛が大事ですぞ。お金目当ての結婚なんて許せません」

「是非《ぜひ》はともかく森氏の奮闘の結果、鋭一氏に女の影はナシ」

「めでたし、めでたし」

何がめでたいのかよく判らないけど。

「とにかく宝石を集めていたのは奥さんって話だったわよね」

「です」

「ところが奥さんが亡くなってしまったのが運の尽き。宝石は文字通り宝の持ち腐れとなり果てたのでありましたァ〜」

マスターが見得《みえ》を切る。うまい事を言ったつもりなのだろう。そしてそれをアピールしたいのだろう。誰も反応しないけど。

「男は宝石になんか興味ありませんからな」

植田刑事が反応したか。

「それは断言できないでしょ〜」

いるかちゃんが反論。

「イメージとしてはそうかもしれないけど実際にはイメージ通りじゃなくて宝石に興味を示す男性も大勢いるかもしれないわよ」

「そうですよ」

山内がいるかちゃんに加勢。

「普通は宝石は女性の好きなもので男性は興味を示さないとゆうイメージがありますが物事には例外とゆうものがありますから」

「ないない」

「マスターはジェンダー的には、かなりの偏見にとらわれてるんじゃない？」

「チッチッチ」

マスターが右手の中指を立てて左右に振りいるかちゃんに反論する。

「あちきだって勉強してるんすよ〜」

そう言えばマスターは読書家だった。

「たしか本で読んだ事がありますぞよ。男と女では脳梁《のうりょう》の太さが違うんすよ」

脳梁とは脳の中央にある線維部位で右脳と左脳を繋ぐものだ。

「読んだ事がありますね」

山内の半可通《はんかつう》振りが出るか？　ちなみに半可通とはよく知らないのに知ったかぶりをする人のことだ。

「たしか女性の脳梁は太くて男性の脳梁は細い」

「そーなんすよ、そーなんすよ」

マスターがポケモンの一つに見えてきた。

「だから女性は太い脳梁を使って感情の行き来が大量にできるから感情的なんすよ。お喋りだし。男性は感情の行き来が少ないから冷静沈着」

「その根拠となった論文のデータは男性九人、女性五人から採ったって聞いた事があるわよ」

「え、そんなに多いの？」

マスターはいったい何人のデータから採ったと思っていたのだろうか。

「少なすぎるでしょ。その時点で信憑性《しんぴょうせい》がないし、その後の研究で脳梁の太さの男女差はないって流れになってるはずよ」

「そうだったんですね。これは迂闊《うかつ》でした」

山内はそう言うとマスターに目を向けた。

「そーなんすよ」

マスターが宗旨替えの様相を見せ始める。

「あっしの言いたかった事も実はそれでやんして」

マスターの強引な宗旨替えが始まった。

「脳の造りに男女差があるような俗説がテレビやネットに出回っている現状にあっしは憂いを抱いているわけでして」

いったい誰に対して言い訳しているのだろう？　たしかにテレビやネット、さらに週刊誌、はては本にまで脳の男女差が扱われているような気もするけど。

「脳の働きに男女差はないんすよ。百パーセントない」

極端から極端に走るのがいつもマスターが失敗する原因の一つになっている気がする。

「だけど先日、女房とラベンダーを見に行ったんですけど」

マスターの目がギラリと光った。山内が奥さんと仲良く暮らしている様子をさりげなく示されて嫉妬《しっと》したのだろう。もっともこれは山内の証言だけだから実際に山内が奥さんと仲良く暮らしているかどうかは誰にも判らない。

「どこに見に行ったの？」

「埼玉の郊外なんですけどね。辺り一面ラベンダーが咲いていて、そりゃあもう綺麗」

「あたしゃアジサイの方が好きだね。ラベンダーはどうも地味でいけないよ」

マスターが何故《なぜ》か下町の女将《おかみ》さん風の口調で茶々《ちゃちゃ》を入れる。

「マスターの好みは訊いてないわよ」

瞬殺。

「それよりラベンダーがどうしたのよ」

「広いラベンダー畑の一画に花を摘《つ》んでも良い区域があったんですよ」

「いいわねえ。みんな摘んでたでしょ」

「ところが花を摘んでいるのは女性ばかり」

「女性ばかり？」

「そうなんです。来場していたのはご夫婦や恋人同士の男女ペアが多かったんですが、花を摘む区画に入って花を摘んでいるのは圧倒的に女性が多いんです」

「男女の違いって、やっぱりあるのかしらね」

「だから！」

マスターが何か言おうとしたとき千木良青年が「山内さんはその区画には入らなかったんですか？」と訊いた。

「入りませんでした」

「どうしてですか？」

「なんとなく興味が湧《わ》かなかったといいますか」

「これだから無粋《ぶすい》な人は！」

マスターも花には興味がないと思う。その証拠に、いるかちゃんがバイトとして雇われるまでこの店に花はなかった。

「係のおばさんも言ってましたよ。男性は入らない人が多いって」

「やっぱり男女差はあるんですかね」

「奥さんの旅行中に植木鉢やプランターの花を枯らしちゃう旦那《だんな》さんもいるらしいわね」、

「やっぱり女性の方が男性よりも花が好きなんでしょうか」

「そんな気もするわね山ちゃん。それに女性は花に限らず綺麗なものが好きな印象があるわ」

「女性って綺麗な女性や可愛い女性が好きでしょう」

「好きね。あたしも自分が好き」

これで嫌みにならないのがいるかちゃんの得なところだ。実際にいるかちゃんは可愛いから嘘《うそ》ではないだろうし。

「手を繋いでいる女性同士をたまに街で見かけますけど男性同士で手を繋いでいる人はあ

まり見かけませんからね」

「バリ島に行ったときに少しは見たけど」

見たんだ。いるかちゃんがバリ島に行った事があるのも少し意外だった。

「いずれにしろ男女差はあるんでしょうかね」

拘る山内。

「綺麗好きな人は男性よりも女性に多い気がするわね。玄関に芳香剤を置いたり」

「女性は空気まで美しいものがいいんでしょうか」

山内が言うと「九重家もいい匂《にお》いに満ちていたと社員のかたが言ってました」と植田刑事が補足する。

「芳香剤ですか」

「部屋に芳香剤の香り……。奥さんが置いたのかしら?」

「もちろんです。その証拠に奥さんが亡くなった後は部屋に芳香剤の香りが漂《ただよ》った日はないと」

「悲しい証拠ね」

「九重家には芳香剤の匂いが充満していたと証言してくれたのは、すでに会社を辞めた菊《きく》池《ち》、浅村《あさむら》の両社員です。この二人は入社してすぐに歓迎の意味を込めて社長が自宅に招いています」

「粋なことをする社長さんね」

「初めて社長の家に行った二人は感激していたようですがね」

「じゃあその後、何度も社長宅に？」

「行ったのは一度きりのようですね。その後、諸般の事情で会社を辞めてますし」

「あっそ」

「奥さんが亡くなった後には芳香剤の匂いはしなくなったと証言したのは？」

「何度か社長宅を訪ねている栗山氏です」

「誰が言ったかはいいです」

にべもないマスター。

「要は奥さんがファブリーズを撒《ま》いていて旦那は撒いていなかったって事が判れば」

ファブリーズだとは言ってない。

「奥さんが亡くなって気力が削《そ》がれて撒く気にもなれなかったって可能性もあるわよね」

「そうですな。家の中が汚れ放題になっていたのは気力が削がれていた可能性もありますな」

「テレホーダイは嬉しいけど汚れ放題は嬉しくない」

マスターの茶々も嬉しくない。

「汚れ放題って？」

「庭の雑草も伸び放題ですし」

「雑草とゆう草はありません。みなそれぞれ名前がついています。綺麗な花をつける植物だけが尊いのですか？」

今は関係ない。

「食卓の下の絨毯《じゆうたん》にソースや醤油《しようゆ》のシミがついても気にしない」

「あちきも気にしませんけど？」

飲食店なんだから気にした方がいい。

「たしかに綺麗好きとは言えないわね。奥さんを亡くしたショックでそうなったのか元々の性格なのかは判らないけど」

「元々の性格って線もありませんか？」

山内の意見。

「絨毯のシミなどあまり気にしない男性は多いと思うんですが」

「そーゆーもんなの？」

「はい」

マスターが自信を持って断言。

「衣類をきちんと片づけるのも女性の方が多い気がしませんか？」

山内が話を続ける。

「それはどうかしら？」

いるかちゃんが焼き蛤を口に入れる。

「あたしの友だちでメチャクチャ部屋がとっちらかってる子がいるわよ。遊びに行くと〝待って。いま足の踏み場を作るから〟ってそこから始まるのよ」

「まあ、そーゆー女性もいるでしょうが」

マスターが反論の気配。

「男性の場合はほぼ百パーセントの割合で部屋がとっちらかってるものでして」

自分を基準に考えない方がいい。

「外から帰ったら衣類を脱ぎながら寝室へ。その歩いた後に脱いだ靴下、シャツ、ズボンが落ちている。帰り道に迷わない」

ヘンゼルとグレーテルか。

「九重家のソファにも奥さんの靴下が脱ぎっぱなしで置かれていたと……。これは元社員の浅村氏の証言です」

「九重家は奥さんも脱ぎっぱなしにするタイプだったのかしら？」

「かもしれませんな。それを気にせず、そのままにしておく鋭一氏も似たようなもので」

「似たもの夫婦だったのね」

「亭主関白ではありましたが」

「そうなんだ山ちゃん」

「靴下も自分で穿《は》かないで奥さんに穿かせていたと」

週刊誌とワイドショーによる情報収集。

「横暴ねえ」

「おどろきかたが少ないですな」

「充分おどろいてるわよ。ただ、そうゆう例を知ってるから」

カレシだろうか。それとも父親だろうか。

「昭和の男性にそうゆうタイプが多いような気がしますね。靴下を奥さんに穿かせてもらう男性。違ってたらすみません」

「われわれはまさに昭和の男性ですが」

マスターがギロリと辺りを見回す。

「そんな男性はいませんぞ」

いないと思う。

「奥さんに靴下を穿かせてあげる男性はいたとしても」

自分のことか。

「靴下の男女差は判らないけど保育園に勤めてるお友だちが言ってたことを思いだしたわ」

焼き蛤を食べ終えたいるかちゃんが話しだす。

「誰に教えられるわけでもないのに男の子は車や電車のオモチャを手にして女の子はお人形さんを手にするんだって」

「だから！」

マスターが肩をいからせる。

「それはすべて社会通念に育てられた刷《す》りこみのせいなんですよ！　男の子は強くありなさい、女の子は優しくありなさいってゆう親の気持ちが無意識のうちに子どもにも反映された結果なんですよ！」

喋りかたは変だけど言っている事はまともなような気がする。

「男女の脳の働きは、もともとまったく同じなんですよ。すべて、千パーセントね！」

そう言うとマスターはオメガトライブの歌をシャウトする。

「研究者の人は〝百パーセント同じ〟とは思ってないようよ」

マスターが注意深くシャウトしたままだった姿勢を解《ほど》きにかかる。

「脳の造り自体に差はないんだけど脳内部の繋がりかたに差があるんだって」

空気の変化を敏感に感じとっている様子のマスター。

「そうなんすよね」

再び宗旨替え。

「男性は半球内つまり半球の中での神経の繋がりが強い傾向があって女性は半球間つまり右脳と左脳の繋がりがやや強いらしいわ」

「やっぱり女性は脳梁が太いんじゃん」

復活するマスター。

「と言っても小さな差よ。男女の差よりも男性間の個人の差、女性間の個人の差の方がずっと大きいレベル」

「個人の差？」

「ええ」

「千木良青年といるかちゃんはたしかに男女間の差があるけど千木良青年とマスターの男性同士の差の方がずっと大きいって事ですかね」

「そうそう、それよ」

憮然《ぶぜん》とするマスター。因みに〝憮然〟とゆう言葉は本来は〝失望、落胆してどうする事もできない〟様を表す言葉だけど最近では腹を立てているような顔つきを指して使われる事が多いような気がする。僕もそうゆう意味で使ってしまった。

「わたくしも同じような記事をインターネットで拝見した事があります」

東子さんが口を挟んだ。

「東京大学で認知神経科学・実験心理学を研究している四本裕子《よつもとゆうこ》先生に作家の川端裕人《かわばたひろと》さ

んがインタビューしたものだったと記憶しています」

「同じ記事を読んだのかしら」

「たとえA群とB群の間に有意の差があっても、それだけではA群はこうゆう特徴がある、B群はこうゆう特徴があるとは決めつけられないとも書かれていたように記憶しています」

「そうなのよ。A群とB群の差以上にA群の中の個人差の方が大きいから一概に言えないのよね」

「九重家の宝石コレクションにしても、もともと旦那の趣味だったかもしれないし、あるいは奥さんの趣味だったけど徐々に旦那も宝石に興味を持ち始めたのかもしれませんな」

「徐々に奇妙な冒険」

しばらく来ないうちに〝マスターの戯《ざ》れ言《ごと》には誰も反応しない〟とゆう風潮が確立されつつあるようだ。

「週刊誌に依りますと」

出た。

ヤクドシトリオお得意の週刊誌による情報収集。

われわれヤクドシトリオは事件の情報を主《おも》に週刊誌とテレビのワイドショーに依っている無責任な組織なのだ。ただその量があまりにも多い……おそらく三人合わせれば、すべての週刊誌とすべてのワイドショーを漏れなくチェックしているのではないだろうか。結果、量が質に変化してほぼ正しい情報を東子さんに提供できているのではないかと自負している。自負して良いものかどうかは判らないけれど。

それと僕は探偵とゆう職業柄、その事件が自分の仕事に関わるものである場合には週刊誌やワイドショーではなく自分の足や機材を使って調べるけれど。

「宝石は奥さんの趣味」

「やっぱりそうなんじゃん」

結果論。

「だけど高額な物ばかりなので奥さんの死後も旦那は手放さずに資産として保管していたようですね」

このように週刊誌とワイドショーによる情報も馬鹿にならない。特にヤクドシトリオのように熱心に読みこみ執拗《しつよう》に視聴するタイプの人間が関わっている場合には。

「奥さんは何で死んだの?」

「事故でして」

植田刑事はその辺りの事情はよく知っているようだ。

「どんな事故?」

いるかちゃんの好奇心は留《とど》まるところを知らない。

「交通事故でしょうな」

マスターが当てずっぽうで口を挟む。たしかに事故死と聞いて僕も真っ先にそれを思い浮かべたけど。

「夜中に公園の階段から転げ落ちたんです」

「え」

「♪　チャンチャンチャ〜ン」

いま火曜サスペンス劇場のオープニングテーマ曲が流れたような気がしたけど空耳だろうか。

「公園の階段から落ちたの？」

「ええ。その日は九重さんの奥さんは飲み会がありましてその帰りの出来事です」

「酔ってたのね」

いるかちゃんがあっさりと納得。いるかちゃんも千鳥足で公園を横切る事があるのだろうか？　気をつけてもらいたいなとゆう親心が少し芽生えた。

「打ち所も悪かったのね」

「階段の所々に富美子の頭部からの血痕が付着していました」

「不幸よねえ。まだ若かったんでしょ？」

「四十三歳でした」

「死ぬ歳じゃないわよね」

「後には宝石だけが残された……」

旦那の存在をまったく忘れているマスター。

「しかも莫大《ばくだい》な額の宝石が」

いるかちゃんも忘れているのか。

「その宝石が盗まれたのよね」

「大損害です」

「でも豪邸だったら警備も厳重だったんじゃない？」

「そのようですな」

「よく盗めたわね」

「盗まれた状況などを教えていただけますでしょうか？」

「畏《かしこ》まりました」

東子さんの言葉にマスターが応える。

「あれは長閑《のどか》な春の日に起きた出来事でした」

「四ヶ月前の四月四日よね」

いるかちゃんの情報の方が具体的で判りやすい。マスターは咳払《せきばら》いをして態勢を立て直す。

「九重鋭一は一人暮らしです」

「奥さんが亡くなったんだものね」

「それ以来、一人暮らし」

「お手伝いさんとかは？」

「必要なときに頼んでいたみたいですけど住みこみの人はいなかったようですね」

山内がマスターに代わって答える。

「再婚とかはしなかったのね」

「しませんでした」

「奥さんに忠義立てしてるのね」

「忠義立てと言いますか……。奥さんが亡くなったときはかなり落ちこんだようですね」

「でしょうね」

「会社にいてもやる気も覇気《はき》も感じられない。見かねた社員たちが順番に社長宅に押しかけて元気づけた」

「鬱陶《うっとう》しいよ～」

マスターの思考回路。

「九重さんもぜんぜん回復しない」

「やっぱり」

「営業の森氏の訪問でようやく活気を取り戻した」

「森さんの下の名前は？」

「真一《しんいち》です」

　どこかで聞いたような名前だ。

「でも一人暮らしには変わりないのよね」

「そうです」

「宝石盗難は九重鋭一さんの留守中に起こったの？」

「その通りです。九重鋭一の出張中に起きたんです」

「犯人は九重鋭一が出張することを知ってたのかしら？」

「当然、知っていたでしょう。犯人は用意周到な奴ですから」

「とゆうと？」

「犯人は九重家の庭にも家の中にも自分の痕跡《こんせき》を一切、残していないんですよ。指紋も靴跡も髪の毛さえも」

「指紋は手袋をすれば付着するのを防げるけど靴跡は……。靴にビニールでも被《かぶ》せてたのかしら？」

　ホームセンターに行けば内装工事などの際に床を汚さないためのビニールの靴カバーなども売っている。

「そうかもしれません。頭にもキャップを被っていたとか。いずれにしろ何らかの処置をして、つまり準備をしてから犯行に及んだんです」

いるかちゃんが植田刑事に顔を向ける。植田刑事は頷いて山内の情報が合っていることを認める。

「宝石はどこに保管されていたのでしょうか？」

東子さんの凜《りん》とした声が響く。

「厳重な金庫の中に」

「詳しく」

マスターの答えに、いるかちゃんが一昔前のネット用語っぽい感じで問いを重ねる。

「ちょっと待ってくださいよ」

植田刑事が足下の鞄《かばん》から、ほぼスマホ大の小さなノートを取りだす。そのノートに事件の情報を記録しているようだ。

「九重家には金庫が二つありました」

「嫌らしいわね。金庫を二つも持つなんて」

いるかちゃんの独自感覚。いや、なんとなく判るけど。

「一つは大きい金庫。もう一つは小さい金庫です」

「具体的には？」

「ええと」

植田刑事が小さなノートのページをめくる。

「大きい方の金庫は高さが約一メートル。幅と奥行きがどちらも五十センチ強ですね」

「小さい方は？」

「高さが二十センチ弱。幅と奥行きがどちらも三十センチ弱です。金庫は二つとも二階の奥の部屋に置いてありました」

「そこが保管庫だったのね」

「そうなりますね。二階の奥の部屋ですから賊にとっては、いちばん侵入しにくいはずだったんですが」

「小さな金庫だけじゃ入りきらなくなって大きな金庫を買ったのかしら」

「逆ですね。大きな金庫は元からあったんですが窃盗事件の起きる直前に小さな金庫を買ったようです」

「宝石はどっちの金庫に？」

「小さい方です」

「犯人はその金庫を開けて宝石を持ち去ったの？」

「いいえ。金庫ごと持ち去りました」

「その金庫、重さは？」

「大きな金庫の方は重さが百キロ以上ありますが小さい方は六キロほどです」

「重い事は重いけど、なんとか持ち去ることは可能ね」

「だと思います」

「でも……」

いるかちゃんはさらに考える。

「金庫ごと持ち去ることは可能でも、それ以前に家に忍びこむのが大変でしょう」

「防犯設備も万全でしょうからね」

「ところが」

植田刑事がグラスの酒を飲みほす。

いるかちゃんは勝手に注ぎたすと「ところが……何？」と続きを促す。

「たまたま、その日に限って防犯設備の電源が切れていたんですよ」

「アチャ〜」

マスターが頭を抱える。感情移入の激しい人だ。

「それは犯人が切ったの？」

「いえ。九重鋭一氏は出張に行く前日に新しいエアコンを購入して取りつけたんですが」

「エアコンって……。ずいぶん気が早いわね。夏でもないのに」

「早め早めに処置をするタイプの人間なんでしょうな。だからこそ成功を収めた」

「なるほどね。で？」

「エアコン取付工事の間は鋭一氏は防犯設備の電源を切っていたそうなんですよ」

「そりゃまたどうして？」

「万が一の事故の防止のつもりだったそうです」

「雷が鳴ったときにパソコンの電源を切るような？」

「でしょうな。実はエアコンを取りつけるときにはエアコン専用のコンセントが必要らしいんです」

「そうなの？」

「ええ。違うコンセントを使用した場合には火災などの大きな事故に繋がる恐れがあるそうで」

「恐れがあるって事は事故にならない事もあるんだ」

「よく判りませんが」

「工事の人に任せておけば間違いはないでしょうに」

「鋭一氏はそうゆう点に神経質だったようで自分なりの予防措置を取ったんでしょうね」

「神経質だった割には防犯設備の電源を入れるのを忘れちゃったのね」

「面目《めんぼく》ない」

植田刑事が謝る事はない。

「でもたとえ防犯設備が作動していなかったとしても豪邸に忍びこんで金庫を盗みだすって大変じゃない？」

「ですな。近所の目もありますし壁は高いし玄関の鍵も掛かってるわけですからな」

「それを成し遂げた……。プロの仕業よね」

いるかちゃんが一瞬、僕と山内に視線を走らせた気がした。植田刑事も。

気まずい。

「犯人は捕まっていないのですね？」

東子さんの言葉が気まずさを緩和させたかとゆうとそうでもない。

「捕まっていません」

植田刑事が堂々とした態度で言う。胸を張って言うことではないが。

「容疑者はいるの？」

「それが皆目《かいもく》」

本当だろうか？　あまりにも答えるのが早かったような気がするのだが。

「本音を聞きたいわね」

いるかちゃんも植田刑事の受け答えに違和感を感じていたようだ。因みに〝違和感〟は覚えるものではなく感じるものだと思う。

「実は……」

植田刑事がワイングラスを手に取って中の〈桜川〉を揺らす。

「プロの仕業だと睨んでいます」

千木良青年が溜息《ためいき》を漏らした。重要情報を聞いたとゆう感嘆の溜息だろうか。

「内部情報を漏らしていいの？」

「これぐらいはいいでしょう」

東子さんの推理が聞きたいばかりに開き直ったか。

「まあ誰が考えても素人《しろうと》とは思えないけどね」

いるかちゃんの言葉にマスターが「そーゆーこと」と賛意を示す。

「プロの仕業ってゆうけど……目星はついてるの？」

今夜のいるかちゃんはグイグイと攻める。気まずい思いは居すわり続けている。

「過去の記録を調べました」

ドキッ。おそらく山内も〝ドキッ〟としたはずだ。マスターは伊藤咲子《いとうさきこ》の『いい娘に逢ったらドキッ』を歌いだした。

「で、何か判ったの？」

いるかちゃんが鋭い目をして訊く。

「いいえ。特には」

なんとなくぎこちない口調から植田刑事が捜査の過程で僕と山内の情報を目にした事が

察せられた。

渋谷界隈《かいわい》で過去の連続宝石窃盗事件としてはS89号の事件しかないのだから無理はない。

S89号とゆうのは警視庁が僕と山内につけた窃盗犯としてのコード番号だ。渋谷担当の刑事なら調べればすぐに判る。それを敢《あ》えて言わないのは刑期を務めあげた僕と山内に気を遣っているのだろう。

僕も山内もお互いの顔を見ずに自分のワイングラスに視線を落としている。

「工藤ちゃんと山ちゃんがこの店にまた顔を見せ始めたのはいつからだっけ？」

いるかちゃんが訊く。世間話のようでアリバイを確認しているのだと読んだ。九重家で宝石窃盗事件があった四月四日に僕と山内が刑務所にいたのか、もう出てきているのか。それを確かめるための質問……。本当は怖いいるかちゃん。

僕は緊張感から逃れたくてワイングラスに手を伸ばした。

「二ヶ月ほど前からですね」

いるかちゃんの質問に山内が答える。

アリバイ成立。

宝石窃盗事件が起きたのは四ヶ月前の四月四日。

僕たちがまたこの店に通い始めたのは二ヶ月ほど前の六月四日辺り。僕たちは出所してすぐにこの店に通い始めた。宝石窃盗事件のあった四月四日には僕と山内はまだ刑務所にいたのだ。

そしてその日程をいるかちゃんは素早く頭の中で確認したようだ。

いや、もしかしたらいるかちゃんは先刻ご承知なのかもしれない。アリバイ確認は植田刑事や千木良青年に聞かせるためにした可能性も高い。夜の捜査本部長として、また店を切り盛りして会話を回す役割を担ういるかちゃんなら充分に考えられる。

僕らのアリバイなど、いるかちゃんは口の軽いマスターから聞いている可能性が充分に考えられるのだ。別にそれを咎《とが》めはしない。すでに〝仲間〟認定しているいるかちゃんに知られたところで、どうって事はない。事実だから。それは山内も同じ気持ちだろう。

「盗まれた宝石の量や、お値打ちはいかほどでしょう？」

僕と山内の緊張感など微塵《みじん》も感じていない東子さんが尋《たず》ねる。

「小さな金庫に入っていた宝石類が金庫ごと盗まれたわけですが」

そう言いながら植田刑事がミニノートを繰る。

「通常のダイヤモンドにブルーダイヤ、ルビー、サファイヤ、エメラルド、翡翠《ひすい》など」

「金銀パールプレゼント！」

当たった人はいるのだろうか？

「いずれも十カラットを超すような大きなものばかりでして」

カラットは宝石の質量を示す単位で一カラットが〇・二グラムだ。

「いいわねえ」

いるかちゃんがウットリするような目つきで言う。

「そんなこと訊いてんじゃないんだよ〜金に換算したらいくらかって訊いてんだよ〜」

マスターは即物的すぎる。

「一億円相当だとゆう事です」

「そうとうだね」

意外にあっさりとダジャレで返すマスター。

「一億円！」

宝石自体にウットリしていたいるかちゃんが今度は金額にウットリする。

「それ、自己申告だけですよね」

千木良青年の言葉にマスターがキョトンとした顔で「ン？　どーゆーこと？」と訊き返す。普通の顔で訊き返してもらいたかった。

「金庫の中身を知っているのは九重さんだけですから九重さんが〝一億円相当の宝石を盗まれた〟と言えばそれを信じるしかないですよね？」

「まさか九重さんが嘘をついてるって言いたいの？」

「その可能性もあるとゆう事です」

「あたし、犯人わかっちゃった」

愛川晶《あいかわあきら》の根津愛《ねつあい》的な美少女探偵のキャラを勝手に作って演じるのはやめてもらいたい。

「誰よ」

「鋭一。九重鋭一」

「狂言だと言うんですかな？」

「その通りよ」

マスターが右手の人差し指を立てて顎《あご》に当てカウンターの中を歩き回るいるかちゃんポーズ。狐《きつね》でも憑《つ》いたんだろうか。

「九重氏は盗まれた宝石に保険を掛けていた。そして、あたかも盗まれたと装って宝石は家の中のどこかに隠している。その後、九重氏は宝石に掛けた保険の保険金をまんまとせしめる」

「どうなの？　植ちゃん」

「九重氏は宝石に保険は掛けていませんでした」

「へ？」

マスター説崩壊。

「九重さんが狂言を働く動機が消えたわね」

「そうですよ？」

開き直るマスター。

「そんなこと最初から判ってましたよ? それが判っていないあなたがたに教えようとして判っていない振りをしただけですよ?」

いつものマスターに逆戻り。

「警察は宝石窃盗事件の犯人を捕まえたいでしょうね」

「そりゃあ勿論《もちろん》」

「安心なせえ」

マスターが安請《やすう》けあいをする。

「この店には探偵界のアイドルと謳《うた》われた桜川東子嬢がいらっしゃるのですぞ」

「東子はアイドルってタイプじゃないわね」

いるかちゃんが言うと東子さんは「そうですね」と応えた。

「アイドルじゃなければ王女様ですか?」

「そんなところね。アイドルは、むしろあたしじゃない?」

「しょってる〜」

マスターが茶々を入れる。

解説しよう。〝しょってる〟とは今は死語となった昭和語で〝うぬぼれてる〟とゆう意味だ。これは〝自負している〟すなわち〝プライドを背負っている〟とゆう流れから生まれた語なのだ。『魔法使いサリー』の歌の中でも使われている。

「阪東さんはアイドルそのものですね」

東子さんが断を下した。

「決定。いるかちゃんはアイドル」

山内の言葉にいるかちゃんが膝《ひざ》を軽く折り頭を小さく下げて挨拶《あいさつ》をする。その仕草が様になっている。まさにアイドルと言えるのかもしれない。

「アイドルと言えば昔は天地真理《あまちまり》の担当、南沙織《みなみさおり》の担当、麻丘《あさおか》めぐみの担当に分かれてたんだよ」

小柳《こやなぎ》ルミ子の担当もいたはずだが。

「昔っていつ？」

「我々の間で昔って言えば一九七〇年代でしょ〜」

それも前半。

人は中学校時代の感覚をそのまま引きずって大人になるのではないだろうか？　今ふと思っただけだけど。少なくともヤクドシトリオの三人は明らかにそうだ。

「その時代には、その三人がアイドルだったの？」

「そうですね」

「山口《やまぐち》いづみは遅れてきたアイドル」

マスターは山口いづみ担当だったのか。

「天地真理、南沙織、小柳ルミ子の三人は新・三人娘と呼ばれて、よく雑誌で特集されていました」

山内が解説。

「新ってことは、その前にも三人娘がいたのね？」

「いましたよ。美空《みそら》ひばり、江利《えり》チエミ、雪村《ゆきむら》いづみの三人がね」

漢字の名前が一人もいない事に気がついた。

「その後には中尾《なかお》ミエ、伊東《いとう》ゆかり、園《その》まりのスパーク三人娘」

こっちも漢字の名前がない。〝子〟がつく名前もない。

「男性アイドルは？」

「西郷輝彦《さいごうてるひこ》、橋幸夫《はしゆきお》、舟木一夫《ふなきかずお》が御三家《ごさんけ》と謳われました」

山内が解説を続ける。

「三田明《みたあきら》は惜しくも御三家に入れなかった」

よく判らないが。

「御三家ってゆうぐらいだから、どことなく三人とも時代劇っぽい雰囲気ね」

「その頃は実際にテレビでも時代劇に人気があって三人それぞれ時代劇にも出演してましたね」

山内の解説は続く。この手の話題ではスマホを見ないで話している。

「その後、三人娘の次に新・三人娘が現れたように御三家にも新・御三家が現れた」

「城《じょう》みちる、伊丹幸雄《いたみさちお》、あいざき進也《しんや》ね」

微妙にそれっぽい。

「違くない？」

「本当は郷《ごう》ひろみ、西城秀樹《さいじょうひでき》、野口五郎《のぐちごろう》です」

「やっぱね」

「御三家と新・御三家の間にはフォーリーブスがいました」

「ジャニーズの原点ね」

山内の解説をマスターが補足する展開が続く。

「原点はあおい輝彦《てるひこ》がメンバーだった〝ジャニーズ〟でしょう」

マスターの補足を山内が否定。

「フォーリーブスは、たしかにアイドルっぽい雰囲気でしたけど」

フォーリーブスも大変な人気があったけどジャニーズ事務所所属のタレントたちの存在がさらに大きくなったのは、たのきんトリオからのような気がしている。田原俊彦《たはらとしひこ》、野村《のむら》義男《よしお》、近藤真彦《こんどうまさひこ》の三人が〝たのきんトリオ〟と呼ばれて人気が爆発した。そのころから事務所の雰囲気が変わったとゆうか……。その後にデビューした少年隊《しょうねんたい》のデビュー前の巨大なポスターが駅に貼られていて、その派手な宣伝に度肝《どぎも》を抜かれた記憶がある。

「フォーリーブスの前には永井秀和《ながいひでかず》って青春スターがいました」

「間違いない」

それは長井秀和《ながいひでかず》。永井秀和は悪役時代劇俳優、永井秀明《ひであき》の息子さんだ。

「あの人もアイドルっぽい雰囲気をまとった人でした」

「ただアイドルって言葉がなかった」

僕がポツンと呟くと、いるかちゃんがそれを聞き逃《のが》さずに「最初のアイドルは誰？」と
新たな疑問を呈してきた。

「天地真理が日本のアイドル第一号です」

僕が即答する。

「そうなんだ」

「デビューは南沙織の方が早いですよ」

南沙織担当の山内が異議を唱える。

新・三人娘のデビュー曲はそれぞれ次の通り。

〈小柳ルミ子〉一九七一年四月二十五日『わたしの城下町』。

〈南沙織〉一九七一年六月一日『17才』。

〈天地真理〉一九七一年十月一日『水色の恋』。

三人とも同じ一九七一年に歌手デビューしているけどデビュー曲の発売日が違う。それらの事を山内が説明して、それをいるかちゃんがメモを取りながら聞いている。

「デビューは早いけどアイドルの呼称となると微妙なんだよね」

天地真理担当の僕が迎え撃つ。

「とゆうと？」

「小柳ルミ子はアイドルとゆうより〝歌手〟ってイメージだったし南沙織は人気もあって目立っていたけどその人気は社会現象とまでにはなっていないから」

「天地真理の人気は社会現象？」

「そう言って良いと思うな。凄《すさ》まじい人気だったから」

「まりちゃん自転車ができたり？」

「よく知ってるね」

「テレビのタイムスリップ企画で観たの」

「タイムスリップしなきゃ判らないまでに時が経《た》ったのか」

僕は思わず嘆息する。

前の籠《かご》に天地真理の写真をあしらった〈ドレミまりちゃん〉とゆう自転車がブリヂストンから発売された。十二インチ、十六インチ、二十インチの三サイズの子供用自転車だったけど〈バンビまりちゃん〉とゆう二十四インチの自転車も発売されている事はあまり知られていない。

「冠《かんむり》番組も持ってましたからね」

一九七二年十月から始まったアイドルバラエティ『真理ちゃんとデイト』。この後、ワンクールごとに『となりの真理ちゃん』『とび出せ！真理ちゃん』『アタック！真理ちゃん』『はばたけ！真理ちゃん』とタイトルを変えながら都合、五番組が放送された。これらの番組には小柳ルミ子も南沙織もゲストとして参加している。

「主演アイドル映画も二本撮られていますね」

『虹をわたって』と『愛ってなんだろ』。

「コンサートでファンが〝真理ちゃ〜ん〟と叫ぶ真理ちゃんコールからアイドルコールが始まったんですよ」

「今のドルオタの原点って感じがするわね」

ドルオタとはアイドルオタクすなわちアイドル歌手の熱狂的ファンの事だ。モーニング娘。やAKB48たちを追っかけている。僕も日本のアイドルを最初期から追いかけている責任上、今のアイドルたちにも注意を払っている。

「もちろん曲もヒットした。ピンク・レディーに抜かれるまではオリコン記録を持ってたから」

「え、そうなの？」

僕は頷いた。

デビュー二曲目の『ちいさな恋』が四週連続一位、三曲目の『ひとりじゃないの』が六週連続一位、四曲目の『虹をわたって』も一位、六曲目の『若葉のささやき』が五週連続一位、七曲目の『恋する夏の日』が六週連続一位と、まさに破竹の勢いだった。

「ネットのアイドル特集ページでも〝天地真理の人気が現在まで続く日本独自のアイドル像を確立する〟と結論づけていたし」

またメディア評論家の宝泉《ほうせん》薫《かおる》は〈週刊女性〉二〇一三年十月十五日号の十ページに及ぶアイドル特集記事の中の〝日本のアイドル第一号は？〟とゆう問いに対して〝僕個人としては天地真理だと思う〟と答えている。

女性歌手に専属のスタイリストやメイクがついたのも天地真理が最初だったしウィキペディアでは〝『ひとりじゃないの』は女性アイドルの概念を世間に確立させたと言われる〟と記されている。

「たとえ人気が凄まじかったとしても」

いるかちゃんが疑義を呈する構え。

「天地真理以前にアイドルって呼ばれた歌手はいなかったの？」

鋭い。

「〝アイドル第一号〟の称号は日本で最初にアイドルって呼ばれた歌手に与えられるものよね」

「女性歌手としてはいなかった……」

「女性歌手としては……って言いかただと女性歌手じゃなかったらいたみたいね」

「いた」

「誰？」

「岡崎友紀《おかざきゆき》」

「知らないわねぇ〜」

「いるかちゃんをもってしても知らないか」

マスターが言った。別に知らなくていい。

「大変な人気だった人でブロマイドの売上枚数は現在に至るまで歴代一位」

「すごい」

マルベル堂調べ。

「その人は歌手じゃないの？」

「歌手でもあったけど基本的には女優さんなんだよ」

「なるほどね」

「この頃は歌手じゃなくて主にドラマや映画で人気が出た若い女優さんをアイドルって呼

る。

んでたから」

「吉沢京子《よしざわきょうこ》とかね」

マスターが合いの手を入れると山内も「吉永小百合《よしながさゆり》の流れなんでしょうかねえ」と続ける。

吉永小百合は爆発的な人気を博した女優さんで熱狂的ファンを指すサユリストなる言葉も生んだ。

「吉永小百合は青春スターと呼ばれてましたね」

「アイドルじゃなかったんだ」

「です」

「そもそもアイドルって何？」

いるかちゃんの基本的な質問。

「偶像でしょう」

山内が下を向いたまま答える。

「今は何でもスマホで調べられるから便利よねえ」

「〝今は〟って事は、いるかちゃんも小さい頃はスマホがなかったんですか？」

「ケータイはあったけど」

あったんだ。

「ガラケーだったわね」

「いろんな柄のケータイがありますからな」

そのガラじゃない。

「鮫《さめ》とか」

例として持ちだすにはあまり一般的な柄ではないような気もするが。

「いるかちゃんの時代もガラケーか」

「工藤ちゃんの時代もガラケーでしょ？」

「とんでもない」

マスターが答える事ではない。

「あたしがガラケーなんだからヤクドシトリオのみんなだってガラケーでしょう」

〝工藤ちゃん〟から〝みんな〟になって少しガッカリした。

「我々の時代には携帯電話そのものがありませんでした」

「え」

いるかちゃんが持っていたグラスを落とす。それを床寸前でマスターが摑《つか》む。いつもと逆のパターンだからいささか驚いた。床にはマットが敷かれていてキャッチに失敗してもグラスは割れないようになっているようだけど。

「嘘でしょ……」

「それが本当でして」

「信じられないわね」

「たとえどんなに信じられない事でも残された可能性がそれ一つしかなければそれが真実なのです」

そんな大袈裟《おおげさ》なものではない。ちなみにマスターの言葉は『緑柱石《りょくちゅうせき》の宝冠《ほうかん》』に出てくるシャーロック・ホームズの名言だ。いろいろな訳があるけど。

「木を隠すなら森の中」

知ってるミステリ名言集を羅列《られつ》しなくてもいい。それに〝木を隠すなら〟じゃなくて〝木の葉を隠すなら〟だ。間違えてる人が多いけど。これはイギリスの推理作家チェスタートンの『折れた剣』に出てくる名言だ。

「携帯電話がない……。だったらポケベルを使ってたんですか？」

「千木良青年まで間違えてましたか」

「違うんですか？」

「たしかにポケベルも使ってましたが」

だったら合ってるといえる。そのことをごまかそうとしてかマスターが『ポケベルが鳴らなくて』の主題歌をハミングしだした。

「それ以前はポケベルもありませんでしたね」

ハミングしているマスターに代わって山内が答える。

「そうでしたか。それは不便だったでしょうねえ」

「社会全体がスマホを知らないんだから特に不便だと感じた事はありません」

マスターはそう応えると今度は「♪　スマホを知らずに　僕らは生まれた」と歌いだした。

「待ちあわせなんか、しょっちゅう会えませんでしたね」

「そうそう」

マスターが懐かしそうに言う。

「池袋《いけぶくろ》駅の地下とか東京駅の地下なんて判りづらくて何度、会えなくて帰ったか」

「そんな事してたんだ」

「そうです。駅にはリアル伝言板があって黒板にチョークで連絡事項を書いてました」

「実際に書いた事ある？」

「もちろんありますとも」

なぜか自慢げに言う山内。

「会えないときには必ず書いてました」

「今じゃスマホで連絡しあうから会えない事なんてないもんね」

「ある意味、味気ない」

「そうかしら？」

スマホを知らなかった時代にスマホのある世界を想像できなかったように、いるかちゃんは携帯電話のない時代を想像できないようだ。

「スマホがない生活なんて今では考えられませんね」

千木良青年もか。

「スマホどころかマクドナルドもコンビニもありませんでした」

「ええ？」

いるかちゃんがグラスを放り投げた。マスターが慌てて受けとめる。いるかちゃんの驚きかたのアクションがちょっと雑になった。

「マクドナルドもなかったの？」

「はい」

「日本中のどの街にもマクドナルドが存在しなかった？」

「イエス」

マスターが答える。

「コンビニも？」

「セシボン」

フランス語で〝ウィ〟と答えようとして間違えたか？

「嘘でしょ？」

いるかちゃんが素《す》で驚いている。

「本当だから誇らしい」

別に誇らしくはないけど。

「何時代の話よ？」

「古き良き時代」

そう言えなくもないか。少なくともこの店では。ヤクドシトリオの面々は昔の良いところだけを思いだす。アンパンマン的処世術。

「それでも不便は感じませんでしたねえ」

「んだんだ」

「マクドナルド一号店が銀座《ぎんざ》の三越《みつこし》一階にオープンしたのが小学校六年生ぐらいの時でしたかねえ」

一九七一年。

「コンビニは？」

「セブン‐イレブンの一号店が豊洲《とよす》にオープンしたのが一九七四年です」

「それまではヤクドシトリオの世界にはコンビニが存在しなかったの？」

「しませんでした」

「信じられないわね」

今夜のいるかちゃんはよく驚く。

「じゃあ、たとえば真夏のチョー暑い日にちょっと涼もうと思ったらどこに寄ったの？」

今ならコンビニに入れば涼しい。

「どこだっけ？」

今となっては思いだせない。あまりにもコンビニが身近な存在になりすぎてて。

「かき氷を食べに甘味処《あまみどころ》に入ったんじゃないかなあ」

記憶力だけは抜群によいマスターが思いだす。

「あたしは真夏の暑い日に二キロ先の駅まで歩く間に三回、かき氷を食べた記録を持ってるんすよ」

今ならギネスブックに載るのだろうか？

「じゃあ学生たちのバイトは？」

今ならコンビニが多そうだけど。

「家庭教師か喫茶店といったところでしょうかね」

山内も当時のことを思いだしてきた。

「コンビニがないんだったらペットボトルも自販機で買うしかないわね」

「いや、ペットボトル自体がなかったから」

「ええ？」

ペットボトルの清涼飲料水が出始めたのは一九八〇年代前半からだ。

「じゃあ何を飲んでたの？」

「缶ジュースですね」

「いろいろ驚くことばっかりねえ。ヤクドシトリオの時代は」

まだ我々の時代が終わったとは思っていない。

「じゃあ初めてコンビニができたときには驚いたでしょう」

「驚いたとゆうか……。開《あ》いててよかったとは思いましたね」

「何それ」

「テレビCMのキャッチコピーです」

「セブン-イレブンのテレビコマーシャルが出始めたのが高校生ぐらい？」

僕の問いに山内が「そんな感じですね。開いててよかった」と答える。

「♪　セブン　イレブン　いい気分」

懐かしいCMソング。

「朝七時から夜十一時まで開いてるのが衝撃的でした」

「え、二十四時間営業じゃないの？」

「そんな店はありませんでした」

今日、何度目のいるかちゃんの驚きだろう？　我々の時代はそんなに遠い昔なのだろうか？　それとも時代が速く変わりすぎたのか。

「商店街の店は朝の十時に開店して夜の六時には店を閉めていた感じですかね」

「個々の店によって違いはあるでしょうけど、だいたいそんな感じですかね」

「ヤクドシトリオが言うアイドルってそーゆー時代のアイドルなのねえ」

その話だった。

「そもそもアイドルは偶像であるって話」

「偶像って何？」

「神仏を象《かたど》って作った像です。信仰や崇拝の対象とする像」

「あ、だからファンがひたすら崇拝するようなスターをアイドルってゆうのね」

「そーゆー事です。デジタル大辞泉にも偶像の他に憧《あこが》れの的。熱狂的なファンを持つ人とゆう解説が載っています」

やっぱりスマホで調べてたのか。

「吉永小百合にも熱狂的ファンがいたけど女性歌手として熱狂的ファンがついた元祖は美空ひばりでしょうね」

〝吉永小百合は女優が主で歌手が従。美空ひばりは歌手が主で女優が従〟とゆう感じか。

「啞然《あぜん》」

「そもそも最初にアイドルと呼ばれたスターはフランク・シナトラなんです」

説明役は僕から山内へと移っている。

「シナトラは一九四〇年代に女学生のアイドルと呼ばれました」

「かなり古い話ね」

「日本では？」

植田刑事が訊く。

「日本でもフランク・シナトラの例に引っぱられたのかアイドルとゆう言葉は主に外国スターを対象にした呼称だったんです」

「そうなんだ」

「日本人の人気芸能人は単にスターと呼ばれていましたけど一九六〇年代には徐々にスターと並行してアイドルとゆう呼称も用いられるようになりました」

「シルヴィ・バルタンの『アイドルを探せ』の影響も大きいでしょうな」

マスターが蘊蓄《うんちく》を披露《ひろう》する。

「それは？」

「フランスの歌手です」

山内が解説に戻る。

「人気絶大の可愛らしい女性でしてね。一九六三年に自ら主演した『アイドルを探せ』とゆう映画と同題の主題歌を歌って日本でも大ヒットしました」

「それね」

いるかちゃんがパチンと指を鳴らす。

「シルヴィ・バルタンは歌手が主だったの？　それとも女優が主だったの？」

「歌手です」

「決まりね。日本の女性人気歌手をアイドルと呼ぶ下地はシルヴィ・バルタンの『アイドルを探せ』のヒットが元にあるのよ」

いるかちゃんはそう言うと自分の説に深く頷いた。

「フランク・シナトラがアイドルと呼ばれた事で日本でもアイドルとゆう言葉が知られ始めたけど日本ではそれはまだ映画スターに対する呼称だった」

「吉永小百合の流れを汲《く》む岡崎友紀や吉沢京子ね」

「だけど歌手であるシルヴィ・バルタンがアイドルと認識された事によって日本でも人気があって可愛らしい女性歌手がアイドルなんだとゆう共通認識が育《はぐく》まれた」

みんなカウンターで頷いている。

「そこに登場したのが天地真理」

いるかちゃんがうまくまとめた。

「アイドルは奥が深いんですねえ」

千木良青年が感嘆の声をあげる。

「アイドル映画特集でもやりますか？」

千木良青年は映写技師だが映画館で上映する映画のプログラムを組むこともあるらしい。

「その予定は当面はありませんが」

「なら口を挟まないで頂きたい」

「そんな事ないわよ」

いるかちゃんが千木良青年の擁護《ようご》にかかる。

「あくまで〝当面は〟であって今後やる可能性もあるんだから話を聞けば何かと参考になるはずよ」

「ありがとうございます」

「参考にならなくたって、ただの雑談でも一向に構わないし」

正論だからマスターもムスッとした顔で口を噤《つぐ》むしかない。

「アイドル特集といえば数年前に惜しまれつつ四十五年の歴史に幕を閉じて閉館した銀座の映画館〈銀座シネパトス〉」

「銀座の三原橋《みはらばし》地下街にあった名画座ですね」

「さすが千木良さん。よくご存じで」

「で、その映画館が何？」

「よく天地真理主演のアイドル映画の特集をしてくれていました」

「そうなんだ」

「館長さんが天地真理の大ファンでね。気が合った」

「知りあいなんだ」

「面識はないけど」

ファン同士は面識がなくても気が合う。

「中三トリオの映画もありましたね」

森昌子《もりまさこ》、山口百恵《やまぐち》、桜田淳子《さくらだじゅんこ》主演の『花の高2トリオ　初恋時代』。三人が歌う主題歌『初恋時代』もよかった。

「百恵ちゃんは伝説の大スターとなって引退後はポスト百恵の座が争われた」

「聖子《せいこ》ちゃんと明菜《あきな》？」

「お、よくご存じで」

「それぐらい知ってるわよ。二人ともビッグスターだもの」

「百恵ちゃんが引退した一九八〇年に聖子ちゃんがデビューするんですから運命ですかね」

「ちょっとできすぎね」

「その二年後の一九八二年に明菜もデビュー」

「両雄並び立たずと言いますがスターの聖子を追いかけるようにデビューした明菜も二年連続レコード大賞を受賞する快挙を成し遂げました」

「王《おう》と長島《ながしま》みたいなもんね」

「ビッグアイドル以外にもアイドルってたくさんいるわよね」

「ビッグアイドルの五億万倍ぐらいはいるかと」

そんなにはいないと思う。せいぜい数百倍か？

「ビッグアイドルの定義にもよりますな」

「やっぱりオリコン一位を連発したりレコード大賞を取るようなスターをビッグアイドルと呼ぶんじゃないですかね」

「それだと菊池桃子《きくちももこ》のようなアイドル最終形態がビッグアイドルから外《はず》れてしまいますぞ」

「致しかたないかと」

〝アイドル最終形態〟とゆう部分は同意なんだ。

「菊池桃子は唯一無二の最強ビジュアルアイドルだった。それで良いではありませんか。記録より記憶に残るアイドル」

今も活躍しているが。

「最終形態が菊池桃子なら最終兵器は伊藤《いとう》つかさ」

「最終形態と最終兵器ってどう違うの？」

「まあ、ニュアンスと言いますか」

「伊藤つかさは若い人でしたね」

「でも現れたときの輝きは人間離れしていた」

「若者の人間離れ」

「星の数ほどいるアイドルをその二人に集約させるのはちょっと」

いるかちゃんから物言いが入った。

「まあいいでしょう。時間もないし」

何の時間だろう。

「とにかく伊藤つかさがセーラー服姿でブラウン管に登場したときの衝撃は今でもかなり覚えています」

「まさに最終兵器」

忘れた部分もあるのか。

「セーラー服と言えばやっぱり中三トリオが先でしょう」

「トリオと言えばヤクドシトリオ」

比べたくない。

「中三トリオは、やがて高一トリオになって高三トリオの時に発展的解消」

「解散コンサートも行われた」

「もともとトリオじゃないから解散もできないのに」

「トリオじゃないの？」

「別に正式にユニットを組んでいたわけじゃなくてマスコミが勝手にそう呼んでいただけ」

「われわれヤクドシトリオのようなもんです」

ヤクドシトリオはマスコミが名付けたわけじゃないけど。

「三人組の解散と言えばキャンディーズ」

こちらは正式なユニット。

「大ヒットを連発してたんでしょ？」

「オリコン一位になったのはラストシングルの『微笑《ほほえみ》がえし』だけです」

「え、そうなの？」

いるかちゃんの絶妙な質問でわれわれヤクドシトリオの発する言葉が生き生きとしてきたような気がする。

「そうなんです」

「それでも伝説のアイドルって言われてるわよね」

「キャンディーズには物語がありましたからね」

「そう。トップアイドルだったのに突然〝普通の女の子にもどりたい〟って宣言して勝手に引退を発表しちゃったし」

実際に普通の女の子に戻ったのはミキちゃんだけだったけど。

「名セリフよね」

「いるかちゃんでも知ってるんだ」

「知ってるわよ。あたしは若い人の中では物知りの方だから」

古いことに関しては。

「オリコンチャートにしても一位曲がなかったことが逆にファンたちの心に火を点《つ》けた」

「火を点けたって？」

「なんとしても引退前にキャンディーズに一位を取らせようと団結してレコードを買うのは勿論ラジオやテレビにリクエストを送ったり」

「ネットに書きこんだり？」

「当時はネットはありませんでした」

「あ、そうか」

「結果、見事に『微笑がえし』は一位になりました」

「感涙《かんるい》ものね」

「だから語り継がれるアイドルなんですよ」

百恵ちゃんにもドラマがあった。百恵ちゃんがデビュー前に新聞配達のアルバイトをしていた事はヤクドシトリオの年代の者なら誰でも知っている。断言はできないけど。

「物語って大事よね」

「犯罪にも物語があります」

千木良青年が言った。ミステリマニアで実際の未解決事件を新聞を読んだだけで解いてきた千木良青年らしい言葉だろう。

「どうゆうこと？　今度の九重さんのことを言っているの？」

「はい」

「そうねえ。豪邸に盗賊が入ったんだから、それだけで〝物語〟よね」

「それもそうなんですが、それ以前に九重さんは奥さんを亡くされています」

「そうか。そっちの方が重大な物語ね。人の死を興味深げに語ったら悪いけど」

「興味がない方がむしろ冷たいかと」

「一理あるわね」

マスターの屁理屈に乗るいるかちゃん。

「ただ九重さんにとっては話題にしてもらいたくはない出来事でしょう。ここは武士の情けで触れずにおきましょうか」

マスターが大人の発言。

「詳しくお聞かせください」

東子さんに打ち砕かれたが。

「へ？」

マスターならずとも東子さんの言葉には誰もが驚いたかもしれない。殺人事件以外には積極的に興味を示さない東子さんが人の奥さんの死に興味を示すなんて……。

「ン？」

いるかちゃんの胸に疑問が兆《きざ》したのか。

「東子は九重さんの奥さんの死が殺人事件だと思っているの？」

「はい」

そーゆー事か。

「でも警察が事故だと断定していますよ」

そうゆう山内の言葉に植田刑事が「九重さんの奥さんの死は単なる事故ですよ」と重ねて東子さんの暴走気味の発言を窘《たしな》める。ただ……。暴走のように思えて東子さんの見解が暴走だった例《ためし》はない。過去の発言はすべて真実を射抜いている。

「警察がそう断定しているし仮にその断定が間違っているとしても」

いるかちゃんが〈撫子〉で喉《のど》を潤《うるお》す。

「いま判っている情報だけで殺人と断定する事は不可能でしょ。いくら東子でも」

「ですな。いま判っている情報は〝九重鋭一氏の奥さんである富美子が夜の公園の階段から飲み会の帰りに転落死した〟だけですからな」

マスターの言う通りだ。

「もう少しだけつけ足しますと」

山内の補足にマスターがあからさまに厭《いや》な顔をしている。

「九重鋭一氏が奥さんを亡くされた後に宝石の盗難に遭ったとゆうこと」

「もう判ってるから敢えて言わなかったんですよ」

マスターがフグの真似をする。似てる。それとも、むくれて頰《ほお》を膨《ふく》らませたつもりなのだろうか。

「とにかく情報はそれだけですぞ」

フグの真似をしたまま東子さんに顔を向ける。

「それだけの情報が頭の中で高速で絡《から》まりあって〝もしかしたら殺人事件の可能性がある〟と思ったものですから」

「スーパーハイパー推理！」

それが何なのかよく判らないけれど。

「東子が言うんだから殺人の可能性もあるって事よね」

東子さんに対する絶対的な信頼感。

「東子が〝詳しく聞きたい〟って言ってるんだから九重さんの奥さんの事故について話してちょうだい、植ちゃん」

「は、はい」

いるかちゃんに指名されて植田刑事が慌ててノートを操る。

「ええと」

植田刑事は、こめかみから冷や汗を垂らしながらも該当ページを探り当てたようだ。

「亡くなったのは九重鋭一の妻の富美子」

「職業は？」

東子さんに代わっているかちゃんが質問する。

「専業主婦です」

「旦那の会社の役員とかにには、なってなかったのね」

「会社自体はそんなに大きな会社ではありませんので」

「そうか」

「とゆうか九重富美子……結婚前は古川《ふるかわ》富美子と言いましたが彼女はもともと資産家なんです」

「ほう」

マスターが反応する。

「古川富美子の父親が土地持ちでして、その土地を生かして小規模の不動産業を営んでいたんです」

「富美子がそれを引き継いだ？」

「資産だけ引き継いだ形ですかね。富美子は若い頃から定職に就《つ》いた事がありませんから」

「いい御身分ね」

「まさにその通りで、お金には困らない家でしたから気ままに気に入ったバイトを見つけては試すように働いていたみたいですね」

「そのバイトも一ヶ所で長く続くような事はなかったとか？」

「その通りです」

鋭いいるかちゃん。

「そんな古川富美子は鋭一と、どうやって知りあったのかしら？」

「富美子の父親が鋭一から自宅用に輸入家具を買うようになったんです」

「それで鋭一と富美子は面識ができたのね」

「そうです。その後、二人は交際を始めてやがて結婚しました」

「それで今の松濤に新居を構えたの？」

「いいえ。そこは富美子の実家です。元々は富美子が両親と住んでたんです」

「じゃあ鋭一は富美子の両親と同居？」

「富美子の父親は富美子が鋭一とつきあい始めた頃に癌《がん》で亡くなりました」

「まあ。じゃあ父親が営んでいた不動産業は？」

「父親の妻、すなわち富美子の母親が跡を継ぎました」

「その後に富美子と鋭一が結婚？」

「そうです。そこで松濤の古川の家に富美子と富美子の母親と鋭一の三人が同居する事になります」

「表札が二つある家のパターンね。古川と九重」

植田刑事が頷く。

「じゃあ同じ家に住みながら鋭一は輸入業、母親は不動産業を営んでいたのね？」

「そうなんですが母親は慣れない社長業で軀を壊したのか、やはり癌で亡くなりました」

「まあ。かわいそうなご家族ねえ」

「富美子本人も事故死してしまいましたし」

「母親が亡くなった後は不動産業はどうしたの？」

「母親の代になって不動産業は縮小していたんですが母親が亡くなると富美子は家業を畳みました。宅建の資格も持っていませんでしたし」

「それで専業主婦になったのね」

「そうです」

「遺産は相続したのよね」

「それも莫大な遺産を」

「その莫大な遺産を鋭一は自分の会社である輸入会社の経営資金に充《あ》てたのかしら？」

「そうなりますね。それで鋭一の会社の規模は大きくなりました」

「規模ってゆうと社員数とか？」

「そうです」

「業績は？」

「大きく伸びたわけではありませんね。社員数が増えた分、売上げも上がりましたが人件費なども増えていますので」

「妻の資産を自由に使うわけにはいかないもんね」

「です」

「母親が病死した後は松濤の邸宅に鋭一、富美子夫婦が二人で住む事になったのね」

「その通りです」

「二人の間にお子さんは？」

「いません。夫婦は豪邸に二人きりで住んでいました」

植田刑事の姿が本当に捜査本部長に報告する刑事に見えてきた。〝報告する刑事〟の部分は事実だけれど。

「鋭一はたしか四十二歳よね。富美子は三つ上の女房」

歌舞伎好きのいるかちゃんは〝女房〟とゆう言葉がサラリと出る。

「女房酔わせてどうするつもり？」

マスターは昔のコマーシャルの言葉がサラリと出る。ちなみにこれはウィスキーのコマーシャルで中野良子《なかのりようこ》が言った言葉だ。このCMは後に石田《いしだ》ゆり子でリメイクされた。その辺りの事はすでにこの店で学んでいるのか、いるかちゃんも敢えて訊かない。

「そして富美子が亡くなって邸宅には鋭一が一人で住む事になった……」

「奥様は夜中の公園で階段から足を踏み外してお亡くなりになったと仰《おつしや》いましたね？」

「はい」

「♪　チャンチャンチャンチャ〜ン」

さっき火曜サスペンスのオープニングテーマを口ずさんだのはマスターだったか。

「頭を打ちましてね。打ち所が悪くて致命傷になってしまったんです」

「♪　チャ、チャ、チャ、チャ、チャ、チャ、チャ」

火曜サスペンスのオープニングテーマの続き。

「死亡日時は？」

「三月三十日の夜十一時です」

マスターの口が今度は違う曲を歌いたそうにしたけれど自重したようだ。おそらく新谷《しんたに》のり子の『フランシーヌの場合』だろう。

「そんな時間に公園に？」

「YOUは何しに公園に？」

マスターは以前よりも、おどけるようになった気がする。もしかしたら僕が書いた小説に影響されたのだろうか？　テレビタレントが元々の性格をより強調されてキャラづけされるように。いわゆる〝寄せてきている〟状態。

「その日、奥さんの富美子さんは飲み会があったことは先に言いましたが」

「何の飲み会？」

「小学校時代の同窓会です」

「まだやってんだ」

ちょっと思った。

「同窓会が終わって電車に乗って自宅の最寄り駅に着いてその駅から歩いて家に帰る途中に、ちょうど公園があったんですよ」

「駅からタクシーに乗れば良かったのに」

「そうなんですが終電近くの駅のタクシー乗り場は混んでいて長蛇の列。三十分、四十分待ちはざら」

「ZARAはどこ？」

マスターが何か言ってるが無視。

「歩いた方が早い？」

「それもありますし元々富美子さんは乗り物酔いするタイプなんです」

「なるほどね。最初からタクシーを使う選択肢はあまりなかったのね」

「そうゆう事です」

「同窓会を退席なさったのは何時でしょうか？」

「ええと……」

植田刑事がノートをめくる。

「夜の九時ですね」

「そこから遺体発見現場までの足取りは？」

捜査本部長が植田刑事に訊く。

「同窓会会場から駅までは徒歩で十五分ほどです。その駅から富美子の自宅の最寄り駅までは各駅停車で十五分ほど」

「急行では？」

「急行は停まらない駅なので各駅に乗るしかありません」

いるかちゃんが亀井《かめい》刑事から報告を受ける十津川《とつがわ》警部のように眉間《みけん》に皺《しわ》を寄せて植田刑事の報告を聞いている。

「その日は電車の遅延などもありませんでしたので富美子が自宅の最寄り駅に着いたのは午後九時三十分です」

「最寄り駅に降りた後、富美子が公園を通りかかったのは何時ごろ？」

「最寄り駅から自宅までは徒歩で二十分ほど。つまりまっすぐに自宅に向かえば自宅には九時五十分には着きます。同窓会会場から自宅まで五十分です」

「あたしは公園を通りかかった時刻を訊いてるのよ」

マスターがいるかちゃんの声色《こわいろ》を使ったけど無視。

「公園は駅と自宅のほぼ中間点にありますから富美子が公園を通りかかったのは九時四十分辺りだと思われます」

「死亡推定時刻は夜の十一時だったわよね？」

「その通りです」

「夜の九時四十分ごろ公園を通るはずなのに公園で死んだのは十一時？」

いるかちゃんが疑問を呈す。

「公園を通る時間と死亡推定時刻は必ずしも正確ではありません」

「多少のズレはあるわよね」

「その通りでして。駅から公園を通るまでの間にどこかに寄り道をしたかもしれず」

「コンビニとか？」

「はい」

「コンビニだったら防犯カメラに映像が残ってるんじゃない？」

「二年前の話ですからもうデータは残ってないでしょう」

普通、コンビニの防犯カメラの映像は一週間から一ヶ月ほどで廃棄される。

「事故当時は調べなかったの？」

「事件として立件されたわけではありませんので、そこまでは……」

「怠慢の誹《そし》りを受けてもしょうがないわね」

手厳しいいるかちゃん。

「すみません。ただ警察も重要案件を多数、抱えておりまして」

「言い訳はいいわ。それより足取りの検証よ」

いるかちゃんを実際の捜査本部長に抜擢《ばってき》してみたらどうだろう？

「たしかに植田刑事の言うように富美子が駅からまっすぐに公園に行ったとは限らないわよね」

「はい」

「コンビニで二十分ぐらい時間を潰《つぶ》したとしたら公園を通りかかるのは公園までの徒歩十

分と合わせて夜の十時頃になるわね」

「はい。なおかつ死亡推定時刻にも幅があると考えると……」

「その幅ってどれくらい？」

「三十分ぐらいは誤差の範疇《はんちゅう》かと」

「じゃあ三十分と見ましょうか。つまり従来言われていた死亡推定時刻の午後十一時よりも三十分早く午後十時三十分が死亡推定時刻と考えるのよ」

いるかちゃんが実際の捜査本部長になるとゆうのは奇抜なアイデアだけど実際になったら、かなりの話題になると思う。ビジュアルもいいし。

「仮に公園を通りかかったのが夜の十時頃で死亡推定時刻が夜の十時三十分ぐらいだとして……」

いるかちゃんが右手の人差し指を立てて顎に当ててるお得意のポーズ。

「それでもまだ三十分の開きがあるわよ」

「飲んだ帰りですから公園のベンチで三十分ほど休んだ可能性が考えられます」

「なるほどね。それで、そろそろ帰ろうかと思って階段を下り始めたところ足を踏み外して一巻の終わり」

「それで辻褄《つじつま》が合います」

「だけど公園に誰かがいて富美子を階段の上から突き落としたと考える事もできるわよ」

「可能性だけを言うのなら、それもありますが……」

「公園には犯人のものらしき靴跡とかなかったの？」

「富美子本人のものを含めて靴跡はいくつも採取しています。ただ場所が公園とゆう公共の場ですから誰でも入ることができます。採取した多数の靴跡が犯人のものであると断定する決め手はありません」

「警察が保有している足跡データの中に合致する足跡はなかったの？」

「ありませんでした。警察が保有しているデータ以外……具体的には富美子の関係者の靴跡でもあれば別ですが、それも今となっては特定は不可能でしょう」

いるかちゃんが溜息を漏らす。

「即死だったのでしょうか？」

「どうでしょう」

東子さんの質問に植田刑事がノートをめくる。

「記録には残っていませんね」

「植ちゃん、さっきからノートを見てるけど、そんなにノートに記録を取ってたって事は担当者だったの？」

「実はそうなんです」

「やっぱり」

「ただ殺人事件としてではありませんが。当時の担当地区で起きた事故だったので調べたんです」

「事故ね。了解」

「奥様がお亡くなりになった午後十一時、ご主人はどこにいらしたのでしょう？」

「アリバイですかな」

マスターが訊く。捜査会議なら当然の質問だ。

「はい」

律儀《りちぎ》に答える東子さん。

「富美子の死亡推定時刻の午後十一時には鋭一は自宅にいましたね」

植田刑事がノートを見ながら答える。

「それを証明する事はできますか？」

「会社員二名の証言によって鋭一のアリバイは確認されています」

証人いたんだ。

「会社員とゆうのは？」

「九重が経営する会社の社員です」

「部下とゆうことね」

「そうなります」

はるかに年下のいるかちゃんに思わず敬語で応える植田刑事。やはり、いるかちゃんが捜査本部長の役割を果たしているからだろう。

「その部下の二人の証言の内容は？」

「富美子の死亡推定時刻である午後十一時、二人の社員……浅村と菊池とゆう男性社員ですが……鋭一と一緒に鋭一の自宅にいたんですよ」

「そんな遅い時間に？」

「例の、歓迎の意味を込めて社員を自宅に招いたという、それがこの日だったんです」

「なんだか皮肉ね」

「浅村と菊池が九重家を訪ねて来たのは午後十時三十分、辞したのが十一時四十分です」

「九重鋭一のアリバイ成立ですな」

「でも」

いるかちゃんはグラスを口に運ぶと「その三人が共謀して富美子さんを殺したって事は？」と続けた。

「そして口裏を合わせたと？」

「そうよ」

「それはありません。二人とも会社に入ったばかりで社長に忠誠を誓うほど親しくないんですよ。社長のために人殺しを手伝うなんてありえません」

「会社での出世を約束されて交換条件に殺しを手伝ったとか」

いるかちゃんは本部長兼名探偵の役割も担っている。本命探偵ではないにしろ。

「それもないですな」

植田刑事はその可能性もすでに検討済みらしい。

「二人はすでに会社を辞めていますから」

「そうだったわね」

「終身雇用制はすでに消滅しているわけでして」

「だったら大金をもらって会社を辞めたとか」

「それもありません」

否定を続ける植田刑事。

「二人の預金高は増えていませんし金遣いも荒くなっていない。それどころか金に困ってキャッシングまでしています」

丁寧な捜査の植田刑事。意外に刑事として優秀なのかもしれない。

「社員二人が嘘の証言をした可能性は極めて低いって事ね」

「その通りです。実質ゼロと考えて差《さ》し支《つか》えないかと」

「どうやら」

千木良青年が口を開く。

「桜川さんの考えた〝物語〟は当てはまらないようですね」

「物語？」

いるかちゃんが全員を代表して千木良青年に訊く。いるかちゃんは捜査本部長の役目を負い名探偵の役目を負いながら、さらに田原総一朗《たはらそういちろう》の役目も負っているようだ。

「桜川さんは九重富美子さんの事故死が殺人だと推理しました」

「そうよね」

「それが桜川さんが考えた〝物語〟です」

「殺人事件が物語……」

「事件はそれぞれ、それ自体が物語なんです」

「そんな事ないでしょ～」

マスターが千木良説を粉砕しにかかる。

「その通りです」

東子さんが言った。

「へ？」

「事件はそれ自体が物語です」

「し、し、しかし」

「それどころか世の中の事象はすべてが物語なのです」

「東子さんが壊れた……」

マスターの方が壊れてると思うが。

「同じ意見です」

「ずるい」

マスターが千木良青年を睨む。その目には恨みの炎が燃えさかっている。

「東子さんに合わせて自分の意見を瞬時に変えるなんてずるい」

マスターの得意技だが。

「そうゆうわけではありません」

千木良青年が苦笑しながら言う。どっちが年上か判りゃしない。

「いいでしょう！」

マスターが鼻息を荒くする。

「五億万歩譲って世の中のすべての事象が物語だとしましょう」

そんなに譲らなくていい。

「しかしその前に」

マスターがギロリと千木良青年を睨む。怖い。千木良青年が日本酒を飲んでいてマスターの視線に気がついていないから良いようなものの。

「そもそも物語とはなんぞや？」

マスターが昭和語で問う。

「そ・れ・が・判らな・ければ・偉そうに世の中のすべての事象が物語だなどと豪語したところで意味はないんですよ〜」

一理あるか。最初は変な喋りかたで翻弄《ほんろう》しようとしたのだろうけど途中でめんどくさくなったのか普通の喋りかたになったのはご愛敬《あいきょう》だけど。

「物語とはお話でしょ〜」

東子さんと千木良青年の代わりに、いるかちゃんが答える。

「お話とはなんぞや」

マスターが今度はいるかちゃんを攻める。

「ストーリーでしょ〜」

「ストーリーとはなんぞや」

切りがない。

「辞書に依りますと」

山内が割って入る。手には警察手帳を持っている。と見せかけて警察手帳型のスマホケースに入れたスマホを見ている。ケースはおそらく自作の物だろう。

「〝物語＝あるまとまった内容のことを話すこと〟となっています」

「話すだけか。書いたものは物語じゃないんだ」

「揚げ足を取らないでください」

「辞書は正確じゃないと」

「だったら〝物語＝あるまとまった内容のことを話す、あるいは記すこと。またその話されたもの、記されたもの〟と訂正します」

「採用」

とりあえずこの場では。

「東子はどう？　今の定義でＯＫ？」

「物語とは現実もしくは空想の出来事に形を与えたものだと思います」

おそらく東子さんは山内が言った定義をまったく聞いていなかったのだと思う。いや聞いていても無視したのか。下々《しもじも》の発言を平然と無視する事は東子さんには許されるし、また東子さんならやりかねない。

「いい定義ねえ」

いるかちゃんが感心する。たとえどのような定義でも東子さんが言えば〝いい定義〟認定はされるのだろうけど。

「考えてみたら東子は大学でメルヘンの研究をしているんだもんね。きっと物語についても常日頃から深く考えていたのね」

「はい」

「東子の定義を採用しましょ」

辞書の定義が根底から崩壊。辞書の定義を〝採用〟したマスターの権威も崩壊。

「でも」

千木良青年が口を挟む。

「その定義だとノンフィクションも物語に入りませんか？」

「言いがかりですかな？　お若いの」

千木良青年は〝お若いの〟だけど言っている内容は言いがかりではなく普通の質問だ。

「ノンフィクションも物語だと思います」

東子さんが揺るぎない口調で答えた。

「ノンフィクションが？」

「東子は事件それ自体が物語だって言ってたもんね」

「はい。ノンフィクションとフィクションはどちらも物語だと思っています」

ノンフィクションとは事実を綴《つづ》ったもの。

フィクションとは事実ではない出来事を綴ったものだ。

「逆に言えば物語はフィクションとノンフィクションに分かれるとも言えそうね」

「仰る通りだと思います」

いるかちゃんが両膝をピョコンと折ってミニのフレアスカートの裾を両手で摘んで軽く

お辞儀するお得意のポーズ。

「さらに」

東子さんがグラスの〈春霞〉を飲みほすと、いるかちゃんがすかさず注ぎたす。

「フィクションは事実を元にしたものと事実を元にしないものに分かれると思っています」

「事実を元にしたフィクションって歴史小説みたいなものかしら？」

「その通りです」

いるかちゃんは勘がいい。

「あるいは伝記とか」

「はい」

勘のいいのはもう判った。

「有名な事件とかを元にした小説もあるわよね」

物知りなのも判った。

「三億円事件をモチーフにしたドラマや映画を観た事がありますよ」

山内が言うといるかちゃんが「そうね。あれは未解決だから想像で補う部分がかなり多いでしょうけど」と応える。

「浅間山荘《あさまさんそう》事件とか」

「大竹《おおたけ》しのぶの実録ドラマもありました」

山内だったらＶＨＳで録画した口だろう。

「こう言えるんでしょうかね」

千木良青年がまとめにかかるのか？

「〝事実を元にしたフィクション〟とは〝実際に起きた出来事をあたかも鑑賞者の目の前で実際に起きているかのような臨場感を持って時には想像も交えながら描いたもの〟と」

「どうしてそうなるのよ〜」

マスターが身を悶《もだ》えさせる。

「それで良いと思います」

「へ？」

東子さんには受けいれられた。

「ちょっと待って」

いるかちゃんがマスターと共同戦線か？

「事実を元にしたフィクションってことは判るけどそれは臨場感がなきゃいけないの？」

「そうゆう事もないんでしょうが、その言葉を入れないと、ただの箇条《かじょう》書《が》きの記録も含まれてしまうような気がして」

「あ、そうか」

いるかちゃんはまだ気を許していない雰囲気。

「でも小説は自由だから、そうゆう箇条書きみたいな小説もありかもね」

やっぱり気を許してはいなかった。

「小説の定義は難しいですね」

「とりあえずこの店では千木良説を採用しましょうか」

いるかちゃんが決める。正確には千木良説ではなくて東子説だが。

「でもその定義でもノンフィクションとの区別がつかなくなりませんか?」

山内が珍しく疑義を呈す。〝実際に起きた出来事をあたかも鑑賞者の目の前で実際に起きているかのような臨場感を持って時には想像も交えながら描いたもの〟。たしかにこれだとノンフィクションも入りそうな気がする。

「本質的には両者は同じものだと思います」

「同じ? ノンフィクションと〝事実を元にしたフィクション〟が?」

「はい」

「そうか。どっちも事実を元に書かれたものである事は同じだもんね」

東子さんが頷く。

「〝想像を交え〟とか〝臨場感〟の多寡《たか》の違いで両者が分かれそう」

「単なる量の問題か」

「地の文に作者が登場したりとか文章の書きかたの問題もありそうですね」

「でもあたしの立場は小説は何でもありだからノンフィクションっぽい記述やエッセイ風の文章も小説と呼んでOKなのよ」

「阪東さんの定義でもノンフィクションと〝事実を元にしたフィクション〟の区別がつかないですね」

「小説かどうかはともかく〝どっちも物語〟って事で次いきましょう」

さくさくと進めるいるかちゃん。

「次と言いますと？」

「事実を元にしたフィクションはとりあえず片がついたから次は〝事実を元にしないフィクションの定義〟ね」

「基本的には」

千木良青年も〝物語〟について一家言を持っているようだ。〝映画〟とゆう物語を職業にしているからだろうか。

「実際には起きていない出来事をあたかも実際の出来事のような臨場感を持って描いたものと言えるでしょうか」

みながごく自然に東子さんに顔を向けると東子さんは「それで良いと思います」と言った。

「いいんだ」

「もっとも実際の出来事のようには敢えて描かない小説もあるかもしれませんが」

「小説は難しい」

「物語は小説だけじゃないわよね」

「はい。物語の器はたくさんございます」

器と来たか。

「小説やノンフィクションのように文字で表されたもの。漫画のように文字と絵、あるいは絵だけで表されたもの。映画やテレビドラマのように映像で表されたもの」

「芝居みたいに人間が直接演じるものもあるわよね」

「人形劇も」

「いずれにしろ出来事は形を与えられて初めて物語になるのだと思います」

「そうか」

千木良青年が思わず言葉を漏らす。

「そうですね。桜川さんの言う通りだ」

「初めからそうですが？」

「出来事は形を与えられて初めて物語になるってとこ？」

「はい。そこです。事実にしろ事実ではないにしろ初めに出来事があります。でもそれを小説や漫画や映画、芝居などの器に盛らないと物語にならない」

「逆に言うと器に盛られた出来事を物語と定義できそうね」

最終的にいるかちゃんが定義を決定。

「音に似ている」

そして意味ありげに呟く。

「中日《ちゅうにち》にいた？」

「たしかにそうですね」

いるかちゃんと東子さんだけに通じる内輪ネタか。

「なるほど。そうですね」

「千木良青年。判ってもいないのに判ったフリは笑われるだけですぞ」

「マスター。じゃないんだからそんなフリはしないだろう。

「マスター。誰もいない森の中で木が倒れたら音がすると思う？」

「するに決まってるでしょう」

「しないのよ」

「馬鹿じゃないの？　木が倒れたら大きな音がするに決まって！　るんです！　よ！」

「音とゆうのは空気の振動を耳の中の鼓膜が受けとめてそれが脳に送られて初めて音として認識されるのよ」

「いるかちゃんが壊れた」

「鼓膜が受けとめて初めて音とゆう形が現れるとゆう事ですか」

植田刑事が事件以外の話題に参加したのは初めてだろうか。

「そうゆう事ね。耳がないと空気の振動だけがどこまでも続くだけで〝音〟としては認識されないのよ」

「録音機を仕込んでおいたら?」

「その録音機が空気の振動をキャッチするから音が聞こえるわね」

「キャッチするものがあって初めて空気の振動は音になるわけですね」

「そうなのよ」

「何が言いたいんです?」

「つまり音における空気の振動が物語においては出来事になるとゆう事でしょう」

「千木良青年が壊れた」

「はい」

「壊れたんだ」

東子さんの〝はい〟は千木良青年の〝音における空気の振動が物語においては出来事になるとゆう事でしょう〟とゆう答えに対する肯定だろう。みんなそれが判っているからマスターの言葉には反応しない。

「やっぱり東子さんも千木良青年が壊れたことを認めた……」

仕方がないから自分で反応している。

「事実にしろ想像されたことにしろ世の中には出来事がたくさんあります」

「想像されたことも出来事？」

「そう定義したいと思います」

「了解」

東子さんの提案はほぼ無条件に了承されるのがこの店の不文律《ふぶんりつ》だ。

「その無数の出来事が言葉や映像などの形を与えられて物語となるのです」

みんな頷いている。マスターだけは東子さんの言葉を聞いてなかったのか夢中になって東坡煮《とうばに》を食べている。東坡煮とは豚のバラ肉を醬油、みりん、砂糖などでじっくりと煮込んだものだ。柔らかい肉が日本酒とよく合う。

「無数の出来事……。それらを元にした物語も無数にあるのよね」

「武勇伝に冒険もの」

千木良青年が指を折る。

「恋愛もの」

「悲劇だってありますよ」

山内が参加。

「悲劇があれば喜劇もあるわよ」

「笑い話や日常を描いたもの、ミステリや奇譚《きたん》、ファンタジーにＳＦ」

「キリがありませんな」

植田刑事が嘆息すると山内が「やっぱり物語は無数にありますね」と応える。

「物語は人生のパロディであると思っています」

「人生のパロディ？」

「はい。様々な人生を別の形に置き換えたものです」

「そうかもしれませんね。物語が人生のパロディだったら人生が無数にあるのだから物語も無数にありますね」

「一つの物語には始まりと終わりがあるけど、それもまた人生と同じじゃない？」

「なるほど。そうですね」

千木良青年はそう納得して日本酒を飲むと「物語は文字ができる前から、あったんでしょうか？」と新たな疑問を呈した。

「文字ができる前は語られる形で物語はあったんじゃない？」

「なるほど。考えてみれば物語とゆう言葉自体、ものを語るとゆう言葉ですからね」

「答えは目の前にあった……」

マスターが呆然《ぼうぜん》としている。

「あんなに探し回った青い鳥はツイッターの中にいた……」

言ってる意味は判らないが。

「語られるとゆうことは言葉があったとゆうことよね」

「ですね」

「だったら言葉ができる以前の原始時代に物語はあったのかしら?」

「ありません」

東子さんが断言した。

「ない?」

「はい。言葉によって物語は形作られたのです」

マスターが人を馬鹿にしたような、あるいは哀れむような溜息を漏らす。

「言葉ができる前に身振り手振り……すなわちパントマイムのような動作で出来事に形を与えていた可能性をまったく見落としていますぞ」

マスターがドヤ顔で東子さんを見つめる。

「へ?」

「身振り手振りも一種の言葉です」

「あ、そうか。手話みたいなものよね」

「はい」

いずれにしろ言葉が前提となる。

「発語されたか身振り手振りかはともかく、いずれにしろ語る人がいるから物語が生まれたのよね」

「はい」

「でも、どうして人は語りたがるのかしら？」

「おもしろい出来事があったら誰かに話したくなるでしょ〜」

「だからそれは何故かと言ってるのよ」

「♪　それは何故かと尋ねたら？」

マスターがよく使っている落語『豊竹屋《とよたけや》』の一節の変形。♪　〜のようで〜でない。〜のようで〜でない。それは何かと尋ねたら……とゆう掛けあいがこの落語の聞かせどころ。たとえば　♪　蜜柑《みかん》のようで蜜柑でない。橙《だいだい》のようで橙でない。それは何かと尋ねたら……金柑《きんかん》、金柑、金柑……。とゆう感じだ。この部分だけが独立して大喜利《おおぎり》などで使われる事も多い。

「他人よりも優位に立ちたいからだと思います」

「もしもし」

マスターの〝もしもし〟はたいてい自分に跳《は》ね返ってくる。

「いま〝どうして人はおもしろい出来事を人に話したくなるか〟とゆう話をしているので

すぞ。他人よりも優位に立つとかゆう競争原理の話は関係ないのです」

「あ、そうか」

「そうそう」

「自分は他人が知らないこんな事を知っているってことを示して自慢したいのね」

「はい」

「つまりその事によって人よりも優位に立てる」

「自分を基準に考えてはいけませんぞ。世の中、自慢したい人ばかりじゃないのです。現にこの私なんぞ生まれてから一度も自慢した事がないのですぞ」

すごい自慢。

「〝ねえねえ聞いてよ。こんなおもしろい話があるのよ〟って感じで話したくなるのよね」

「そう呼びかけたら周りの人は寄ってきそうですな」

植田刑事が賛意を示す。

「聴き手が集まってきたら話し手はヒーロー気分に浸《ひた》れるんじゃない？」

「だからまた話す……。そこでまた人が集まったら、ますます気分が良くなりますな」

「でもネタ切れになりませんかね？」

いつもネタ切れの山内が実感を込めて訊く。

「ウケ続けたいばっかりに嘘を言ったりして」

「隣町で大火事があったとかですかね」

「そんなようなこと」

「嘘をつくようになったらおしまいですな」

「それがフィクションの始まりではないでしょうか？」

「へ？」

今日はマスターがよく驚く日だ。

「フィックション！」

わざとらしいクシャミ。

「戦争とスポーツの関係に似ているような気がします」

「なるほど」

マスターが半可通ぶりを発揮する態勢。

「戦争もスポーツも戦いとゆうことですな」

「はい」

マスターの見解が当たった？

「マスター。それと物語とどう繋がるのよ」

マスターは下げた両手の手のひらを上に向けて少し広げ〝呆《あき》れた〟のポーズを取る。それから右手を千木良青年に向けて〝説明してあげなさい〟のポーズ。

「僕はスポーツは実際に戦争をしないために編みだされたものだと思っています」

「違いますな」

マスターの意見がフラフラしだした。

「スポーツは純粋なものですぞ。戦争は殺しあいです。醜《みにく》い行為と一緒にしないでいただきたい」

とつぜん正義漢ぶるマスター。

「人間は本来、人を殺すことも平然と行ってきたんじゃないでしょうか」

「ないない。そんな非人間的なこと」

「戦国時代の武将なんか大量殺戮《さつりく》してるわよ」

「それは戦《いくさ》だから仕方ないでしょう」

「千木良くんはそのことを言ってるんでしょう」

「あ」

墓穴を掘ったマスター。

「しかしですな。それはあくまで戦時下であって日常においてはスポーツなどで闘争本能を平和的に発散させて」

「千木良くんはそのことを言ってるんでしょう」

「あ」

墓穴その二。

「まあいいでしょう。ここは三歩譲って千木良青年の言い分が正しいとしましょう」

三歩下がって師の影踏まずと間違えてる？

「戦や戦争などの殺しあい、あるいは個人対個人の殴《なぐ》りあいの喧嘩などの闘争本能の平和的発散手段としてスポーツが生まれた。あくまで〝生まれた〟ですぞ」

マスターが一矢《いっし》報いる構え。

「人間が意図的に作ったわけではなく自然発生的に生まれた。その潜在意識に戦争の代替品としての考えが横たわっていたとしても」

どことなく正論めいている。

「問題はそのことが物語とどうゆう繫がりがあるかとゆう事ですぞ」

「嘘の平和的発露としての物語です」

千木良青年の言葉にマスターが両手を広げて〝呆れた〟のポーズ。

「正解です」

東子さんが審判者の立場に降臨する。同時にマスターの立場がなくなる。

「ちょっと、ちょっと〜」

マスターの泣きが入った。

「意味が判んないんすけど〜」

「どの辺りの意味が？」

「〝嘘の平和的発露としての物語〟って辺りっすよ～」

「全部か」

歯に衣着《きぬ》せぬいるかちゃん。

「殴りあいの喧嘩などの闘争本能をスポーツとゆう娯楽に変化させたように嘘をつきたいとゆう本能をフィクションとゆう娯楽に変化させたって事よ」

「あ、なるへそ」

マスターが昭和語で納得。

「嘘から出た真《まこと》ってわけですかい」

ある意味正解か。

「でもさ」

いるかちゃんが〈撫子〉で喉を潤して話を続ける。

「語りたいって欲求は、なにも自慢したいからばかりじゃないわよね」

「と言うと？」

「純粋に〝自分を吐露《とろ》したい〟って気持ちから話しだす人もいるんじゃない？」

「いるわけないでしょう」

マスターが一言の下に否定。

「人は自分の過去を隠したいものです。また隠していいのです。私なども人に言えない過去がありますよ。聞きたいですって？　今夜は特別ですぞ」

かなり吐露したいようだ。

「ありますね」

植田刑事が賛同した。

「会社から帰ってきて〝今日こんな事があったんだよ〟って話したくなりますね」

植田刑事の言う〝会社〟は警察署のことだろう。

「あたしゃ話した事ないなあ」

一人暮らしだから。

「アレクサ、あたしの話を聞いてくれる？」

小芝居はいい。

「でも、どうして話したくなるのかしら？」

いるかちゃんが呈した疑問でみな一瞬、無口になる。それぞれ考えているようだ。

「自分の存在の確認もしくはアピールでしょうか」

まっさきに口を開いたのは千木良青年だった。あたかも東子さんの考えを代弁するかのような発言だ。東子さんも異議を唱えないところを見ると東子さんが言いたかった事を言い当てたようだ。名探偵は名探偵を知る、とゆう感じか。

「そうねえ。誰だって自分の存在を認めてもらいたいわよね」

「それが私小説に繋がります」

東子さんが断言した。東子さんの断言は珍しいことだと思ったけど東子さんは犯人を言い当てるときには、いつも断言していた。意外と自分の考えに自信を持っているのだろう。

「私小説、ですか」

千木良青年が東子さんの言葉を噛みしめる。

「自分を吐露したい欲求がやがて私小説に繋がるのでしたら最初に桜川さんが言った〝おもしろい話〟はエンターテインメント小説に繋がりますね」

娯楽小説とも言う。

「なるほどねェ。人をおもしろがらせたいエンターテインメント小説と自分を吐露したい、あるいは内面を探りたい私小説の起源らしきものが見えたわね」

「小説を二つに分類するとしたら普通は大衆小説と純文学に分かれるかもしれませんね」

純文学は芸術性を求めた文学作品だろうか。

「そうね。ただ、あくまで起源の話だからエンタメ小説と私小説でいいとは思うけど……。その二つが後々、様々な分野に枝分かれしたとしても」

いるかちゃんはそう言いながらなおも考えている様子だ。

「でも千木良くんの意見も取りいれて〝人に喋りたい〟の二つの動機〈おもしろい出来事

は誰かに話したくなる〉と〈自分を吐露したい〉が大衆文芸と純文学の二つの流れになったってまとめてもいいかも」

「了解」

千木良青年も納得。

「この起源と二つの流れって小説に限らず、すべての物語に通じるわよね」

「ですね。原始時代には、そうやって人は自分の物語を人に話していたんでしょうね」

みなが頷く。

「一度話しただけでは駄目だと思うのです」

一瞬、誰も返事ができなかった。東子さんの言葉の意図が摑めないのだろう。

「なに言ってんの？」

マスターの素朴な疑問。

「一回話しただけじゃただの世間話って事かしら？」

「はい」

「いるかちゃんの考えが当たった！」

ちょっと思った。

「失礼ね。あたしだって当たるわよ」

「そうか。一度話しただけじゃその場で消えてしまいますからね」

「千木良青年、乗り遅れまいと必死」

そんな事もないだろうけど。

「文章や映像に記録できるのならともかく文字のない時代だったら復唱されて初めて普遍性が生まれる」

「そう考えています」

東子さんが学生ではなく教授に思えてきた。

「再現されて初めて形になるのね」

いるかちゃんの言葉に東子さんが頷く。

「こうゆう事よね。二度目に話された内容がおもしろければそれが三度目となりやがて」

「四つ目の朝が雨だった」

ヤクドシトリオにしか判らない合いの手だろう。これはテレビ時代劇『子連れ狼《おおかみ》』の主題歌のセリフを踏まえている。

「何それ」

「若い人は判らなくてよろしい」

話に支障はない。

「まあいいわ。とにかく複数回、話されて出来事は物語になるのよ」

東子さんが頷く。

「形になった最初の物語って何かしら？」

「そんなの残ってるわけないでしょ～」

マスターの言葉に珍しく納得しかける自分がいた。

「原始時代ですよ？」

文字のない時代。

「でも伝承として伝わっているものもあるんじゃない？　あるいは〝残っている物語の中でいちばん古いもの〟と言い換えても良いかも」

「民話でしょうか」

千木良青年が応える。

「伝承が民話に昇華した感じもするけど……」

「じゃあ民話も含めて伝承としましょうか」

「じゃあ最も古い伝承は？」

「桃太郎《ももたろう》でしょう」

マスターの〝思いついた事をそのまま口に出す技術〟。新書にならないだろうか？

「世界的に見ればもっと古いのがあるわよ」

「たとえば？」

「そうね」

いるかちゃんが考える。

「そもそも人間はどの辺りから言葉を持っているのかしら？」

「論点をずらした！」

「鬼の首を取ったように言わないでよ」

「桃太郎だけに？」

ちょっとうまい。

「それに論点をずらしたワケじゃないわよ。最古の物語を知るために最古の言葉を検証するのは当たり前の事でしょう」

「判りました」

マスターが珍しくすぐに納得。

「サイコの物語を知るにはサイコの言葉を知るのはたしかに」

みなを見回す。

「当たり前で〜す〜な〜」

その顔と口調から別の事を考えていると推測。

「そもそも人類の祖先である霊長類は今から二千八百万年前に生まれました」

いるかちゃんの言葉を受けて山内が講義に入る。

「霊長類って？」

「サルや類人猿、ヒトなどです」

今度は山内が教授に見えてきた。実際の〝教授〟はスマホだとしても。

「この内の類人猿とヒトは同じ種だったんですが千五百万年前にテナガザル科とヒト科に枝分かれしました」

いるかちゃんがメモを取る。

「もっとも大昔の事ですし学者によって見解は様々だとゆう事はご承知置きください」

「了解」

「テナガザル科と枝分かれしたヒト科にはヒトの他にチンパンジーやゴリラ、オランウータンなどがいます」

「チンパンジーやゴリラもヒトと同じ仲間なんだ」

【ヒト科】ヒト、チンパンジー、ゴリラ、オランウータン
「そうゆう事になります」

「詳しいね、山ちゃん」

「ええ、まあ」

「さすがライター」

「それほどでも」

「検索は慣れてる」

見抜かれてる。

山内は構わずに講義を続ける。

「やがてヒト科の中からゴリラが分かれてさらにチンパンジーも分かれます」

「ヒトだけになったんだ」

「はい。それが六百万年前。いわゆる猿人ですね」

「その頃にも物語はあったのかしら?」

「あったかもしれませんけど、それを見つけだすことは不可能でしょう」

「だね。文字がないもの。もしかしたら言葉もなかったかしら」

「ありませんでした」

山内は検索、いや講義を続ける。

「猿人はやがてホモ・エレクトスに進化します。それが百八十万年前。さらに四十万年前にはネアンデルタール人やクロマニヨン人が出現します」

「ネアンデルタール人って絶滅したのよね」

「よくご存じで。三万年ほど前に絶滅しました。なので現代人の直接の祖先はクロマニヨン人とゆう事になります」

「クロマニヨン人の外見って、ほとんど今のヨーロッパ人と変わらないって聞いたことがあるわ」

「その通りです」

「その頃に言葉もできたのかしら？」

「そう言われています。五万年から七万年前に言葉が発祥したと」

「その頃に物語が生まれた可能性も高いけど確認はできないわよね。文字がないから」

「ですね」

「だったら確認できる最古の物語を〝最古の物語〟として認定しましょうか」

「了解」

いるかちゃんの存在感が増している今日この頃。

「で、現在でも確認できる最古の物語といえば？」

「ギルガメッシュ叙事詩が世界最古の物語だって言われてませんでしたっけ？」

マスターが物知りだった事をしばらく忘れていた。

「ギルガメッシュ叙事詩って？」

「楔形《くさびがた》文字によって粘土板に記されたギルガメッシュとゆう王……古代メソポタミアの伝説的な王にまつわる叙事詩です」

「メソポタミアは現在のイラクの一部ね」

「メソポタミア＝イラク」

マスターのざっくり記憶法。これも新書に……まあいいか。

「メソポタミアはギリシャ語で〝二つの川の間〟とゆう意味です」

「二つの川……」

「チグリスとユーフラテスです」

「ぐりとぐらみたいな」

〝ぐり〟しか合ってない。チグリスとユーフラテスはどちらも川の名前だ。メソポタミアはその二つの川の間の沖積《ちゅうせき》平野なのだ。

「ギルガメッシュ叙事詩はいつ頃の話？」

「ギルガメッシュ王が生存していたのが紀元前二〇〇〇年代ですから、その頃ですね」

「かなり古いわね」

「もっとも証明のしようもないんですが……」

記録がほとんど残っていない時代ゆえ。

「そもそもの始まりは紀元前五〇〇〇年に遡《さかのぼ》ります」

いるかちゃんと山内の連係プレイ。

「その頃メソポタミア地方にウバイド人が住みつきます」

「ウバイド人……」

「メソポタミア文明の基礎を作った人たちです。ところが紀元前三八〇〇年頃にシュメール人がやってきてメソポタミア地方にシュメール文明を開いたんです。同時にシュメール神話もできたみたいですね」

「みんな同じメソポタミア地方の出来事なのよね」

「そうです。そのシュメール人が作った叙事詩の中にギルガメッシュ叙事詩があります」

「じゃあギルガメッシュ叙事詩はシュメール神話の一部なんだ」

「そうです」

「シュメール神話はいつ頃成立したの？」

「紀元前三〇〇〇年頃と言われています」

「じゃあギルガメッシュ叙事詩より古いわね」

「ですね。シュメール神話も粘土板に楔形文字で記されたものが出土しています」

「じゃあ記録にも残っていると」

「さらに紀元前一八〇〇年頃に『エヌマ・エリシュ』が成立します」

「それは？」

「バビロニア神話の創世記叙事詩です」

「バビロニア……」

「メソポタミア地方の一部です。メソポタミア地方の北部がアッシリア、南部がバビロニアなんです。バビロニアの中の南部がシュメール地方です」

「ざっくり言えばアッシリアもバビロニアもシュメールもみんな同じメソポタミア＝イラ

ク地域ってことね」

「そう言えますかね」

いるかちゃんもマスターのざっくり記憶法を会得《えとく》。

「つまりバビロニア神話もメソポタミア地方の話なのよね？」

「そうです」

「バビロニア神話である『エヌマ・エリシュ』とは、どうゆう物語なのですか？」

千木良青年も知らなかったのか。僕が知らないのも無理はない。

「バビロンの学者によって編纂《へんさん》された叙事詩です。七枚の粘土板に千行にわたって記されていたようです」

「その頃にバビロニア神話も完成したのかしら？」

「バビロニア神話が完成したのは紀元前一七五〇年頃のようです」

「とゆう事は……」

いるかちゃんが〈撫子〉を飲みほす。

「結局、世界最古の物語ってシュメール神話かしら？」

ギルガメッシュ叙事詩の成立が紀元前二〇〇〇年頃。

シュメール神話の成立がそれより古い紀元前三〇〇〇年頃。

「ギリシャ神話って古そうに思えるんですが、どの辺りに入るんですかね」

「ギリシャ神話の成立は紀元前一五〇〇年頃ですね」

植田刑事の疑問にスマホ教授が答える。

「バビロニア神話が成立したのが紀元前一七五〇年頃だからその少し後ね」

「ちなみにギリシャ神話はメソポタミア地方のバビロニア神話の影響を受けていると言われています」

「偉大なりメソポタミア」

そう言ってマスターがハミングしだしたのは渡辺真知子《わたなべまちこ》の『メソポタミア・ダンス』のメロディだろう。

「さらにその後の紀元前八世紀にホメロスの『イーリアス』『オデュッセイア』ができます」

「日本の神話は紀元後よね」

「です」

スマホ教授の授業は続く。『古事記』、『日本書紀』が八世紀。

「聖書は？」

「旧約聖書の成立は紀元前五〇〇年から四〇〇年ですね」

「旧約聖書ってアダムとイブとかノアの方舟《はこぶね》よね」

「ですね。バベルの塔とか」

「まだ伝説って感じよね」

「聖書に記されているノアの方舟すなわち洪水伝説はギルガメッシュ叙事詩でも扱われています」

「ギリシャ神話と同じように聖書の伝説もバビロニア神話の影響を受けていたみたいね」

「時代が下って紀元九世紀になると『千一夜物語』も成立します」

「『千一夜物語』は伝説より小説って感じがしてくるわね」

「ですね」

「日本が誇る長編小説である『源氏《げんじ》物語』は？」

「西暦一〇〇〇年辺りです。これは文字に残された長編小説としては世界でいちばん古い」

「ッシャ！」

マスターがガッツポーズ。

「一三四八年から一三五三年にかけて『デカメロン』」

『デカメロン』はボッカチオによる物語集。当時、大流行したペストから逃れるためにフィレンツェ郊外に避難した男女十人が退屈しのぎにそれぞれ話をする。『千一夜物語』の影響を受けているとされている。

「一四〇〇年には『カンタベリー物語』」

『カンタベリー物語』はイングランドのチョーサーによって書かれた物語集。宿で知りあった人たちが自分の知っている物語を語る形で『デカメロン』の影響を受けているとも言われる。

「その辺りはいいです」

マスターに言われてシュンとする山内。

今までの話を大まかな年代としてまとめると次のようになる。

紀元前三〇〇〇年　シュメール神話
紀元前二〇〇〇年　ギルガメッシュ叙事詩
紀元前一八〇〇年　エヌマ・エリシュ
紀元前一七五〇年　バビロニア神話
紀元前一五〇〇年　ギリシャ神話
紀元前　八〇〇年　イーリアス　オデュッセイア
紀元前　五〇〇年　旧約聖書
西暦　八〇〇年　千一夜物語
西暦　一〇〇〇年　源氏物語
西暦　一三五〇年　デカメロン

西暦一四〇〇年　カンタベリー物語

　この後は西洋ではシェークスピア、ゲーテ、グリム兄弟など、日本では『好色一代男《こうしょくいちだいおとこ》』『南総里見八犬伝《なんそうさとみはっけんでん》』など物語が続々と産みだされてゆく。

「人間って太古の昔から現代まで途切れなく物語を生んで消費してきたのねえ」

　いるかちゃんが感慨深げに言う。

「物語の森ですね」

「物語の森か……」

　東子さんの言葉をいるかちゃんが噛みしめる。

「この店は、そんな物語の森への入口なのかもしれないわね」

「この店が？」

「〈森へ抜ける道〉」

「あ」

　マスターが驚いた。先に気づいてもらいたかった。

「そうですね。無限の物語群は、まるで物語の森のようですよね」

　千木良青年が同調する。

「物語の元になる〝出来事〟が無限に生まれているから物語も無限に生まれるんでしょう

ね」

「出来事って……事件とか？」

いるかちゃんの問いかけに千木良青年は頷いた。

「その事件ですが」

千木良青年が話を繋ぐ。

「宝石盗難事件ね」

夜の捜査会議に戻る。

「ええ。犯人は九重鋭一さんでしょう」

「はあ？」

マスターが部長から理不尽な業務命令を言い渡された中堅女性社員のような声を出す。

「九重鋭一は被害者なんですけど？」

まだ同じ声。

「もしかして狂言ってことかしら？」

「だと思います」

「九重鋭一は宝石を盗まれたって被害届を出したけど本当は宝石は泥棒に盗まれたわけじゃなくて九重鋭一本人が盗まれたフリをしてどこかに隠してるってこと？」

「そうです」

「どうしてそう思うんですかな？」

植田刑事が割りこむ。

「九重邸から宝石を盗みだす事ができたのは九重鋭一さんだけだからです」

「そんな事ないでしょ〜」

そう言うとマスターが同意を求めるように植田刑事に顔を向ける。

「どうして宝石を盗みだす事ができるのが九重氏本人だけなんですかな？」

マスターの言葉を受けて植田刑事が千木良青年に尋ねる。

「警備が厳重だと思われるからです。九重邸は豪邸ですから警備も厳重だったと推測します。外部の者にそんな厳重な警備をかいくぐれるものだろうかとまず思ったものですから」

「なぬ？」

「警察も最初はそう思いました」

なぜか動揺するマスター。

「警察も九重さんを疑ったってこと？」

「はい。疑うのが仕事ですから。ところが犯行時刻、九重鋭一さんには完璧なアリバイがあった」

「だったら犯人じゃないわね」

「議論の余地なし」

「豪邸の厳重な警備をかいくぐれる盗賊なんて、そうそうはいないわよね」

「あの怪盗なら、かいくぐれると思います」

東子さんの凛とした声が店内に響く。

「あの怪盗？」

「誰よそれ～」

マスターが何故か濁声《だみごえ》で尋ねる。

「S89号です」

一瞬、僕らは視線を泳がせた。S89号すなわち僕と山内だ。

「犯人はS89号だと思います」

東子さんが駄目を押すように言うと店内に静寂《せいじゃく》が訪れた。

「東子お嬢さん」

マスターが静寂を破る。

「はい」

「パンドラの箱を開けてしまいましたな」

マスターがシガレットチョコを口に銜えたまま言った。いつの間に銜えていたのだろう？　珍しく様になっている。もしこれがチョコじゃなくて本物の煙草《たばこ》だとしたらだ。

「開けてはいけない箱を」

「そうね」

いるかちゃんがマスターに同意する。これもまた珍しいことだ。

「でも、それが真実なら明らかにしなければいけないわ」

いるかちゃんは僕に視線を向ける。

「どう？」

「もちろんだよ」

「山ちゃんは？」

「異議なし」

山内が眼鏡のフレームを右手で軽く持ちあげた。

「ただし真実なら、ですが」

久しぶりに山内がいいところを見せている気がする。

「ちょっと待ってください桜川さん」

千木良青年が気持ち慌てているように見える。

「いったい何の話をしているんです？」

「九重鋭一宅の宝石泥棒のお話です」

「それは九重鋭一さんの自作自演ですよ」

東子さんは応えない。

「でも千木良くんが唱えた狂言説って根拠は〝九重邸の防犯体制が厳重だろうから〟ってだけなのよね」

「そんな事はありません」

千木良青年が少しだけムキになったような気がした。

「警察からの情報もそれを裏付けています」

「と言うと？」

植田刑事が反応した。

「庭にも家の中にも犯人の痕跡がなかったとゆう点です」

植田刑事はこう言っていた。

――犯人は九重家の庭にも家の中にも自分の痕跡を一切、残していないんですよ。指紋も靴跡も髪の毛さえも。

自分の発言を思いだしたのか植田刑事が頷く。

「つまり犯人は内部の人間ってこと？」

「そうです」

「でもそれは犯人が何らかの準備をして」

「犯人がそこまで準備をして完璧にやり通す難しさと比べたら九重氏本人の狂言と考える方が簡単に説明できるのではありませんか？」

「それは……」

「さらに不自然なのは防犯設備の電源が切れていた事です」

「それは理由があったはずよ」

出張の前日にエアコン設置の工事があってその際に切った電源を入れ忘れた……。

「犯人はその事をどうやって知ったのでしょう？」

いるかちゃんは言葉に詰まる。

「偶然だと言うんですか？」

その可能性は低いと誰しも考えざるをえないだろう。さすが千木良青年は名探偵を豪語していただけの事はある。

「つまり千木良くんは九重家の宝石窃盗事件の犯人は九重鋭一本人だって言いたいのよね」

「そうです」

「東子は犯人はS89号だって言ってるし」

「いったいどっちが正しいの？」

「マスター。あたしの口調で言わないでくれる？」

「了解」

いるかちゃんの口調だって事はいるかちゃんも判ったんだ。

「千木良くん。どう？　千木良くんの意見は東子とは違うけど自分が正しいと思う？」

「もちろんです」

両雄対決。

「その根拠は？」

「第一に」

千木良青年がチラリと僕と山内を見た。僕たちの過去について知っているのだろう。そして、そのことを話題にしていいものかどうか迷っている。

「この店では何を話してもＯＫよ」

いるかちゃんが言った。

「ホントに？」

マスター以外の全員が頷く。僕と山内も。

「では遠慮なく」

「少しは遠慮してください」

マスターが茶々を入れる。

「では遠慮がちに」

千木良青年のナイス返し。

「桜川さんの言うS89号とは、ここにいる工藤さんと山内さんのお二人の事ですね？」

「はい」

東子さんが躊躇《ちゆうちよ》なく答える。それが事実であれば東子さんは躊躇《ためら》わない。

「つまり桜川さんは九重鋭一さん宅の宝石盗難の犯人はここにいる工藤さんと山内さんだと仰る」

「その通りです」

千木良青年の口元に微《かす》かに笑みが浮かんだことを僕は見逃さなかった。僕と山内の口元にも笑みが浮かんだに違いない。なぜなら……。

「九重邸で宝石窃盗事件があったのはいつですか？」

「二〇一九年四月四日ですね」

「そうですか」

千木良青年がニヤリと笑みを浮かべながら手帳を出してパラパラとめくる。

「いまどき手帳ですか」

必ず一言言いたくなるのがマスターだ。

「紙にボールペンで書く方がどうも書きやすくて」

　マスターが噴きだした。

「同感です」

　東子さんが同意した。噴きだしたマスターの気持ちの収まりどころがなくなった。

「その手帳に何が書いてあるの？」

「S89号のことです」

「調べたんだ」

「一応は」

「それで？」

「九重鋭一さん宅で宝石盗難があった日、二人はまだ刑務所の中にいました」

「ジャジャ～ン」

　マスターが妙な合いの手を入れる。

「つまり、お二人は犯人ではあり得ません」

「L．E．D」

　マスターはどうして〝証明終了〟を表す〝Q．E．D．〟が覚えられないのだろう。近づいてはいるけど。ちなみにLEDは発光ダイオードすなわちＬｉｇｈｔ　Ｅｍｉｔｔｉｎｇ　Ｄｉｏｄｅの頭文字だ。

「なるほど。刑務所の中にいる二人に刑務所の外にある宝石を盗めるわけはありませんな」

マスターの言葉に植田刑事と、いるかちゃんが頷く。

「S89号の二人には、これ以上ない完璧なアリバイがありますからな。アリバイ崩しの天才でもいれば別ですがそうでない限り……ハッ」

マスターの小芝居が始まった。

「桜川さんが〝アリバイ崩しの東子〟と異名を取っている事は知っています」

さりげなく千木良青年が東子さんを呼び捨てにした。

「ただ今回ばかりは」

「ちょっと待って」

僕はグラスの酒がなくなっていることに気がついて慌てて間を取る。

「〈世界一統《せかいいっとう》〉を」

〈世界一統〉は和歌山の酒。世界を統一するような酒であれと大隈重信《おおくましげのぶ》が命名した。蔵元創業者の息子が南方熊楠《みなかたくまぐす》だ。

「あいよ」

やっちゃ場のような合いの手と共に、いるかちゃんがすぐに〈世界一統〉を出してくれる。準備は整った。

「遠隔窃盗だと思います」

そのことを感じとったのか東子さんが会議を再開する。話した言葉の意味は理解できなかったけど。

「エンカクセットー？」

植田刑事が頓狂《とんきょう》な声をあげる。

「はい」

「何ですかな、そりゃ」

「遠隔殺人とゆう言葉なら聞いた事があります」

山内が言った。

「ミステリ小説で読みました」

「遠隔殺人ならぬ遠隔窃盗とゆう事ですか」

植田刑事が字面《じづら》だけは理解したようだ。

「そうか！」

マスターが叫んだ。

「遠隔手術！」

いるかちゃんがマスターに顔を向ける。

「遠隔手術って手術を行う外科医が」

「天才外科医」

天才でなくてもいい。

「外科医がコンピュータを使ってロボットを操り遠くにいる患者に手術を行う技術よね」

「犯人はそれを使ったのです」

いつの間にか東子さんの意見に乗っているマスター。しかも東子さんのゆう犯人は僕と山内なのだが友人を裏切るつもりなのだろうか。

「犯人はコンピュータとロボットを使って九重宅の宝石を盗んだのです」

マスターの口調が〈森へ抜ける道〉史上最高に名探偵っぽくなっている。

「問題は、どうやってそれらの器具……操縦器を刑務所内に、そしてロボットを九重邸に持ちこんだのか」

不可能だ。刑務所内でコンピュータを操り九重邸にロボットを忍びこませるなんて。

「ミステリでゆう遠隔殺人って人を操って犯罪を犯させる事よね」

いるかちゃんは歌舞伎だけじゃなくてミステリにも詳しかったのか。

「つまりこの宝石窃盗事件の犯人も人を操って窃盗を働いたってこと?」

「そう思います」

「S89号が刑務所の中から人を操った?」

「はい」

「操られた人って誰よ〜」

マスターが訊く。

「九重鋭一氏です」

「もしもし」

マスターがこめかみの辺りを右手の人差し指でポリポリと掻《か》きながら言う。

「それだと千木良青年の説と同じになっちゃうんですけど」

千木良説は九重鋭一氏が犯人。

東子説も九重鋭一氏が実行犯。

「たしかにどっちも九重鋭一が犯人だって言ってるけど千木良くんの説は九重鋭一が自らの意志で狂言を働いたのに対して東子の説は誰かに操られて心ならずも九重鋭一が狂言を行ったたって事よね」

東子さんと千木良青年が同時に頷く。

「千木良青年。今さら自分も九重氏が誰かに操られて狂言を行ったとゆう意味で言ったんだなどとゆう姑息《こそく》な小細工は通用しませんぞ」

そんな姑息な小細工をするのはマスターぐらいだろう。

「桜川さんは九重鋭一氏がS89号に操られていたと言う」

「チッチッチ」

マスターが指を一本立てて左右に振って否定する。ただ立てているのが中指だから様にならない。

「どうして九重氏がS89号に操られなければならない！　ないん！　ですか？」

途中から妙に興奮して最後は普通に訊いた。

「S89号が九重氏の弱みを握っているからです」

『ハリー・ポッター』のヴォルデモート卿のように〝工藤〟と〝山内〟が口に出してはいけない名前のようになっている。こうなるとS89号とゆうコード番号がついていたのは良かったのかも。この席で名指しで話されるのも気詰まりだし。

「弱み？」

「はい」

「弱みって何？　九重鋭一さんに人のゆうことを聞かなければいけなくなるような弱みなんてあるのかしら？」

「一つ気になっていた事はあります」

「お、千木良青年が〝ホントは判っていた〟アリバイ作りか？」

だからマスターじゃないって。

「何なの？　気になってた事って。千木良くんの考えなら一聴《いっちょう》に値《あたい》するわ」

マスターの言葉は聞き流された。

「九重鋭一さんの奥さんが亡くなっている事です」

「それが人からつけ入れられるような弱みになりますかな？」

「場合によっては」

「場合とは？」

「奥さんの死が事故死でないような場合」

「老衰ですか」

そんなに歳を取ってはいない。

「事故死じゃない場合って……。まさか殺されたとか？」

いるかちゃんの問いに千木良青年は頷いた。

「殺された……。なるほど。その死にかたは尋常じゃないですな。しかしそれが九重氏の弱みになりますかな？　暴漢に襲われて死んだのだとしたら、たしかに悲劇ではありますが、それは九重鋭一さんにとっても悲劇なのです」

「マスター。九重鋭一が殺したとしたら？」

いるかちゃんも千木良青年の、そして東子さんが言いたいことを理解したようだ。

「もしもし」

この言葉を発するのが最も似合わないと目されるマスターが今日は連発。

「カメよカメさんよ」

一呼吸おいたか。

「九重鋭一さんにはアリバイがあるのですぞ」

マスターが右手の人差し指で植田刑事を指す。植田刑事はディレクターに指示された俳優のように頷く。

「その通りです」

説明を始める。

「先ほども言いましたように奥さんである九重富美子さんが公園の階段から転落死した時刻には鋭一さんは自宅にいました。それを証明する部下もいます」

「んだんだ」

「部下が口裏を合わせる必然性もナシ」

「んだんだ」

「死亡推定時刻は午後十一時でしたね？」

「そうです」

「ただし三十分程度の誤差はあると」

「たとえ誤差があっても九重鋭一のアリバイは崩れません」

「ン？　どーゆーこと？」

「死亡推定時刻の午後十一時が午後十時三十分だった場合もアリバイは成立します」

「あ、そうか。午後十時三十分に部下が訪ねて来てるんだもんね」

「そうゆう事です」

「後ろにずれた場合は？」

「死亡時刻が午後十一時三十分だった場合も部下がまだいる時間ですから」

「部下が帰ったのは午後十一時四十分だったわね」

「はい」

「けっこうです」

そこまでの前提を余裕で確認させた東子さん。

「ご遺体の発見者はどなたですか？」

「第一発見者」

マスターが東子さんの言葉を訂正する。

「発見者でいいわよ。発見は基本的に〝第一〟だから」

いるかちゃんにより却下。

「シュン」

マスターが萎《しお》れた心の状態を声に出す。〝シュン〟も昭和語だろうか。

「公園の近所の主婦です。朝早く、犬を散歩させていて公園に入って富美子の遺体を発見しました」

「犬の種類は？」

マスターが鋭い目で訊くが誰も答えない。差しあたって事件には関係ないからだろう。

「普通は妻が帰ってこなかったら旦那が真っ先に近所の公園などを捜すものですがな」

相手にされないから次なる茶々を入れに来たか。妻が帰ってこないからと言って近所の公園を捜すとは限らないと思うし。

「公園とゆう発想がなかったんでしょうなあ。鋭一氏は普段は車を使っているので遺体発見現場の公園には足を踏みいれた事がなかったそうなんです」

「そんなもんかね」

「鋭一氏の話に依りますと富美子は飲み会の帰りにホテルに泊まる事もあったようですから、さほど心配はしていなかったと」

一件落着。

「ここまでの前提で確認したように」

千木良青年が会議に復帰。

「九重鋭一氏にはアリバイがあります」

それがこの店では崩れる法則にある事をまだ千木良青年は理解していないのかもしれない。

「加えて動機もありません」

「動機ですか」

「どうして鋭一が妻である富美子を殺さなければいけないんですか？」

もっともな疑問だ。

「お金を自由に使いたかったんじゃない？」

「どうゆう事ですかな？」

「あのね植ちゃん。九重鋭一は、たしかに会社の社長でお金持ちだけど、それって全部、妻である富美子の資産が元になってるのよね」

「そうですな」

「つまり自由には使えない」

「個々の夫婦によって、それぞれ事情は違うんでしょうが九重家に関しては富美子が親から相続した資産はすべて富美子名義のままでした」

「ほらね。それだと富美子が生きているうちは鋭一はその資産を自由に使えないわよ」

「それが厭だったら」

「殺すわね」

千木良青年の呟きにいるかちゃんが怖い言葉を返す。

「九重鋭一には奥様の他に愛人がいたのかもしれません」

「愛人？」

東子さんの言葉を受けたマスターの口元が微妙に動いている。おそらくテレサ・テンの歌を歌うかどうか迷っているのではないだろうか。

「なるほど。鋭一氏に愛人がいたら妻を殺す動機は説明がつきますね」

「そうか。〈資産を自由に使いたい〉＋〈愛人がいて妻が邪魔〉ってゆう二つの動機の合わせ技ね」

あくまで自分が思いついた〝資産を自由に使いたい〟とゆう動機を手放さないいるかちゃん。

「ところが」

植田刑事が反論の構え。

「愛人説は成りたちませんね」

「どうしてよ」

「鋭一氏には女性の影は見えませんから」

「本体は？」

マスターは話をややこしくしない方がいい。たしかに本体がなければ影はできないけど。この場合は単なる比喩表現だから本体は関係ない。

「ホントに周囲に愛人っぽい女性はいないの？」

「いません。これは確かです」

愛人説崩壊。

「男性はどうでしょう？」

東子さんが言うとマスターがキョロキョロしだした。おそらく〝誰が言ったんだ？〟とゆう疑問を動きで表しているのだろう。

「男性？」

植田刑事のように素直に訊いた方がいい。

「はい」

「どうゆう事ですかな？」

「東子が言ったのは愛人が男性である可能性ね」

「はい」

いるかちゃんの「あり得るわね」とゆう声と植田刑事の「そんな馬鹿な」とゆう声が同時に聞こえた。

「男性が愛人とゆうことはあり得ないでしょう。鋭一氏は結婚しているのですぞ」

「それが何？」

今日のいるかちゃんはどこか挑戦的だ。

「いや、つまりその……鋭一氏は男性を好きになるタイプではなく女性を好きになるタイプだと」

「それは判らないわよ」

いるかちゃんが次の一杯に〈桜川〉を選ぶ。

「女性も男性も好きってゆう両刀遣いもいるし男性だけ好きなのに財産目当てで、そのことを隠して富美子と結婚した可能性もあるじゃないの」

「なるほど」

植田刑事も素直に納得。

「それだと奥さんを殺す理由がますます納得できるわよ」

〝納得〟はできないけど。犯人の心の内を推測する補助材料にはなる。

「でも具体的には誰？　鋭一の周囲に愛人らしい男性なんていたかしら？」

「森さんではないでしょうか」

「営業の森さん？」

「はい。奥様が亡くなった後の九重邸に足繁く通っていたそうですから」

「そうか。栗山さんも社長の世話を焼いていたみたいだけど栗山さんは妻子ありだから愛人としての可能性は独身の森さんの方が高いわね」

東子さんが頷く。

「こうなると森さんが〝社長に言いよる女性からガードしていた〟って話も違った意味に思えてくるわね」

「たしかに」

「鋭一が社員を全員、男性にしていたのも無意識のうちに男性だけを採用していたのかもしれないし」

推理を膨らませるいるかちゃん。

「森さんは社内で社長の女房役のように言われていたけど実際にそうだったのかもね」

東子さんは深く頷くと「奥様は夜なのに、どうして公園を通ったのかも気になるのです」と続ける。

「それは帰り道だから」

マスターの即答はたいてい外している。

「たとえ帰り道だとしても夜遅くならば避けるものではないでしょうか？」

「それがそうとも言えませんで」

マスターがグラスを拭《ふ》きながら言う。落ちついた様子に見えるけど頭の中はとっちらかっているのではないだろうか。

「駅から自宅へ向かう道が三本あるとします。真ん中が公園を通る道でいちばん近い。だが夜は暗くて怖い。右の道と左の道は少々遠回りになるけど商店街で危険は少ない。ところが右の道は突如として陥没《かんぼつ》して人も車も一切通れない状況になっている。左の道には突如として野犬の群れが現れ何人もの人間が喰われている。あなたはどの道を選びますか？」

「当時の公園の足跡は採取しているのですよね？」

マスターが何やら話している間に東子さんは事件現場の公園に残されたゲソ痕《こん》を問題にしていた。

「もちろん関係があると思われる箇所の靴跡は最大限、採取しています」

植田刑事が胸を張る。

「事故、事件、双方の面から証拠は採取しましたから。ただ、それらの中に九重富美子周辺の人物のものと合致するものがなかったのです」

「それをとりあえず九重鋭一の靴底と照合してみる事が必要でしょうな」

マスターが軽く応える。

「わたくしもそれを言いたかったのです」

「へ？」

東子さんと意見が合うことを望んでいながら実際に意見が合ったときに驚いてしまうのがマスターだ。僕も驚いたけど。

「はは東子さんが」

マスターの動揺は激しい。

「あちきと同じ意見」

自分の意見は間違っているとゆう前提で話していたのだろうか？

「もちろん警察もそう考えました」

「あ、そ」

警察と同じ意見でも動揺しないマスター。

「では九重鋭一氏の靴跡を調べたのですか？」

「それが……」

言いよどむ植田刑事。

「九重鋭一氏は事件の後に靴を新調していまして」

「風が吹けば桶屋《おけや》が儲かるのと同じで靴を買うのが悪いことならば靴屋は潰れます」

桶屋と違ってストレートな理由だが。

「ですが靴が新しかったら犯人だというわけではないでしょう？」

「九重富美子さんは公園で発見されました。つまり殺されたのであれば犯人も公園にいたはずです」

「ですよ？」

「そうであれば公園で採取された靴跡の中に犯人の靴跡がある可能性が」

「高い」

むりやり東子さんと息を合わせるマスター。

「植田さんは先ほど九重鋭一は普段は公園に足を運ばないと仰いましたね？」

「お、お、仰いました」

とつぜん話しかけられて動揺する植ちゃん。

「普段は公園に足を運ばない九重鋭一の靴跡が公園から採取されたのなら九重鋭一は犯人として疑われるでしょう」

「ですよ？」

機械的に相槌《あいづち》を打つマスター。

「そのことに気がついたら九重鋭一はどうしますか？」

東子さんがマスターを試した。

「そんな……。桜田淳子の『夏にご用心』のような口調で訊かれても」

そんな口調には聞こえなかったが。

「自分が公園に行ったときの靴を捨てる……」

植田刑事の呟きに東子さんは頷いた。

「なるほど。それで九重鋭一は新しい靴を買って犯行時に履いていた靴を捨てたわけですか」

「はい」

「理屈は合いますね」

「植田刑事。その件に関して鋭一氏は何と？」

「一つ買ったから一つ捨てる。鋭一氏はそう言っています」

「警察も確認したんですね」

「一応は。事件性がないと判断が下るまでは様々なことを確認します」

「さすが警察ね」

「その結果、事件性はないと判断したんですね？」

「ええ。靴が古くなったら新しいものを買うのは当たり前の話でして疑うような点はありませんから」

「ごもっとも」

「それに鋭一氏は普段から部下たちにも〝一つ買ったら一つ捨てる〟とゆう事を話していまして、その点からも行動に一貫性があるかと」

「つけ焼き刃の言い訳ではないと？」

「その通りです」

植田刑事が力強く頷く。

「九重鋭一は無実……」

「警察の見解はそうなります」

「でも……」

いるかちゃんは食いさがる。

「もしも九重鋭一が妻の富美子を殺害したのなら、そしてその事をS89号に知られたのなら言いなりになって操られても不思議じゃないわよね」

「それはそうですが……」

「窃盗被害にあったとゆう通報はしても実際には宝石は被害者である九重鋭一本人が金庫ごとS89号に渡していた。悔しいだろうけど自分が妻殺しの殺人罪で逮捕されるよりはマシ」

「そうゆう事にもなりますね」

山内が同調する。

「桜川さんの説だと九重鋭一は宝石が盗まれた形跡を作ってから出張に行って帰ってきてから〝盗まれた〟と警察に通報したとゆうところですかな？」

植田刑事の言葉に東子さんが頷く。

「しかし、いくら強請《ゆす》られている状況証拠を積み重ねようと所詮《しょせん》は推測です。九重氏の行動は一見、怪しげに見えても合理的に説明できるんですよ」

余裕が生じたのか植田刑事は〈桜川〉を一口飲む。

「第一、九重氏に動かしようのないアリバイがある以上、どうしようもない事なのです」

「本当にアリバイはあるのでしょうか？」

「これはまたお嬢様らしくないお言葉ですな」

一般のお嬢様らしくはないけどこれ以上、東子さんらしい発言もない。

「九重鋭一氏のアリバイは崩れると仰るのですか？」

「はい。崩れます」

「そんなことが本当にできるのならあなたを〝アリバイ崩しの東子〟と呼んでもいいですぞ」

もう呼んでるが。

「崩しようがありませんよ」

植田刑事の言葉の方が正しそうに聞こえる。

「夜の十一時には鋭一は犯行現場にいなかったことは動かしようがないのですから」

「芳香剤が気になるのです」

「本末転倒ですな」

マスターが口を挟む。

「部屋の匂いが気になるからファブリーズで匂いを消す。そのファブリーズの匂いが気になるのならファブリーズの匂いを消す新たなるファブファブリーズを開発しなければなりませんぞ」

「どうしてファブリーズを使ったのでしょう？」

「だから！」

いきりたつ事ではないが。

「部屋の匂いを消すためですよ！」

「部屋のどんな匂いでしょう？」

「厭な匂いですよ！　来訪者には気づかれたくないような！」

「たとえば？」

「死体の匂いとか！」

誘導尋問に引っかかりやすいにも程がある。

「そうか」

植田刑事が呟く。

「九重鋭一は部屋のどこかにすでに殺害した富美子の遺体を隠していた」

「はい」

ついに東子さんが事件の核心に触れた。しかもアリバイ崩しの東子の異名に相応《ふさわ》しい形で。

「死体が家にあるのに、わざわざ部下を家に呼んだと言うんですかな？」

マスターの目がドロリと淀《よど》む。

「そうです」

「何のために？」

「アリバイ作りのために」

「想い出づくりじゃなく？」

「変だと思ったのよね。部下を家に呼ぶにしては、ずいぶん遅い時間だなって」

「後から言っても遅いですぞ」

「すべてアリバイ工作のためだったのね」

東子さんが頷く。

「でも富美子さんの死亡推定時刻は午後十一時だけど部下たちが九重邸に赴いたのは午後十時三十分よ」

「その時点で富美子さんはまだ生きていたのですね？」

千木良青年の問いに東子さんは頷いた。

「拘束されて、どこかのお部屋に監禁されていたのだと思います」

「その後の午後十一時頃に部下たちの隙《すき》を見て富美子さんを殺したってゆうの？」

「はい」

「口で言うのは簡単だけど実際にやっているところを想像すると恐ろしい所行ね」

「部下たちの隙を見て富美子さんを殺した。ホントだ。口で言うのは簡単だ」

実際にやっているところを想像する部分じゃなくて〝口で言うのは簡単〟の方に反応したのか。

「芳香剤は富美子さんが撒いたのかと思ったけど部下が家に呼ばれた時間に奥さんが拘束されていたのなら富美子さんが自分で芳香剤を撒く余裕なんてあるわけないわよね」

「それなのに家には芳香剤の香りが充満していたとゆうことは……」

植田刑事の言葉にいるかちゃんが「鋭一が撒いたのよ。普段は部屋の匂いなんて気にしない鋭一がね」と被せ、さらに「それに靴下」と続ける。

「リビングのソファに奥さんの靴下が脱いであったでしょ」

「部下がそんなことを言ってましたな」

「問題はいつ脱いだかってこと」

「いやん」

「普通は家に帰ってきたときに脱ぐでしょうな」

「つまりその日、富美子さんは家に帰ってきていたのよ」

「奥さんが家を出るときに靴下を脱ぐタイプの人だったら？」

寡聞《かぶん》にしてそんなタイプの人を知らない。

「帰ってきて鋭一に殺された。そう考えれば靴下の説明がつくわよ」

「ぜんっぜん！　つきませんけど？」

「富美子が靴下を脱ぎ捨てたのなら家に呼んだ部下に気づかれたら不審に思われます。鋭一は片づけるでしょう」

「男って案外、そうゆうところには気づかないものよ」

「偏見ですな」

マスターがいるかちゃんの意見を一刀両断する。珍しいことだ。今夜は珍しいことがよく起きる。

「男女平等。家事は平等に分担するのが正しい」

「人それぞれでしょう。そうやってる夫婦もいるでしょうし奥さんがそうしてもらいたくても旦那がそうゆう事にまったく無頓着《むとんちゃく》で家事は一切やらないタイプの人だっているでしょう」

「問題は実際に鋭一がどうゆうタイプの人だったかですな」

「家事は一切しないって言ってたわよね」

「それどころか自分の靴下も妻に穿かせてもらっていたんでしょ？」

「信じられないわよね」

「マスター。あたしの口真似で言わないでくれる？」

「わかったわよ」

これが最後か。

「そんな男がソファの上の靴下をしまうとは思えませんね」

そう千木良青年が言うと「そもそも気づかない可能性大よね」といるかちゃんも賛同す

る。

「絨毯についたソースや醬油のシミも気がつかないって言ってたもんね」

「判りましたよ判りましたよ」

マスターが少し嗄《しやが》れた声の女性と思われる声色を使った。

「今の誰の真似か判った？」

東子さんを除く全員が首を横に振った。東子さんは判ったわけではなく無視しているだけだろう。

「武智豊子《たけちとよこ》」

おそらく店内でその女優を覚えているのはヤクドシトリオの三人だけだろう。

「事件当日、富美子さんが自宅に帰ってきたことにマスターにも納得していただきました。その前提で話を進めたいと思います」

千木良青年が仕切る。マスターの物真似はスルー。

「富美子さんは午後九時に飲み会の席を退出したそうですが、その後の足取りをどのようにお考えですか？　桜川さん」

千木良青年がパネル討論会の司会者に思えてきた。

「同窓会の会場からご自宅までは五十分ほどの道程だとお伺いいたしましたので富美子さんは九時五十分にご自宅にお着きになったのだと思います」

「その後は？」

「ご帰宅してすぐに九重鋭一に拘束されます」

「猿轡《さるぐつわ》か何かかまされて縛られて声も物音も出せないようにされてね？」

「はい。そのうえで部下の人たちを呼んだのです」

「予め計画していたのよね」

「計画とゆうものは予めするものです」

揚げ足取りはいい。

「実際に部下の二人が九重家に到着したのが十時三十分です」

植田刑事が報告する。

「その時は富美子さんは家にいて、どこかの部屋に監禁されてたって事ね」

「豪邸だから監禁する部屋はいくらでもある」

「部下のかたたちがおうちにいるお時間、おそらく十一時頃に鋭一は何らかの理由をつけて席を外して富美子さんを殺害します」

「そんな鬼畜《きちく》のようなことを」

「殺人者だから鬼畜で当たり前」

「世の中鬼畜だらけ」

ニュースを見てるとそうも思えてくる。

「殺害した後で鋭一は何喰わぬ顔で部下たちが待つお部屋に戻ります」

「異議あり」

マスターが挙手しながら立ちあがった。すでに立っていた状態だったから伸びあがって立ちあがった振りをしたのだろう。マスターはパントマイムやロボットダンスの類《たぐい》はうまいから。

「いま証人は〝何喰わぬ顔で〟と言いましたが被告人が〝ばれないだろうか？〟と不安げな顔で戻った可能性も否定できません」

否定できないかもしれないがこの際どうでもいい。

「そうやってアリバイを作ったのね」

それが判れば鋭一の顔つきがどうだろうと関係ない。

「十一時頃と言えば富美子の死亡推定時刻。そこは大きくは動かせない。ところが富美子がその時刻に自宅で殺されていたとすれば鋭一にも殺せたことになる」

東子さんは頷くと「部下のお二人は十一時四十分頃に九重宅をお暇《いとま》したのでしょう」と確認する。

「その通りです」

「その後は？」

「部下のお二人が帰った後、鋭一は富美子さんのご遺体を車で公園まで運んで階段の上から落としたのでしょう。あたかもそこで転落死したかのように見せかけるために」

「公園に行ったことのない鋭一が公園に階段があることを知っていますかな？」

「奥さんから聞いてたんじゃない？」

もしくはネットで適当な場所を検索して公園に行き当たったか。

「その辺りは知ることは可能よ。問題は警察がまんまと鋭一の策略に引っかかったってこと」

言われたくない事を突く感覚はいるかちゃんもマスターに劣らず異様に鋭い。今も植田刑事が厭な顔をしている。

「死体遺棄時の目撃者はいなかったのでしょうか？　夜とはいえ人が自由に出入りできる公園です」

千木良青年が抵抗を試みる。

「結論から言うといませんでした」

警察は調査済み。

「もともと人通りが余り多くない通りに面した公園でして。そこに桜川さんが仰ったような〝夜は余り近づかない〟とゆう心理が働いたのでしょうか目撃者はいませんでした」

「地元の鋭一はその辺りの事情も判ったうえでその公園を見せかけの犯行現場に選んだのかしらね」

「そうでしょうな。一つの賭《か》けには違いありませんが」

「犯罪はみんな賭けでしょう」

マスターが普通の口調で言った。〝普通の口調〟だけでニュースになる。

「結婚も賭けだし」

それは言えるかも。

「店を出すのも賭けです」

たしかに。

「競馬だって賭けです」

当たり前になってきた。

「麻雀だって賭けです」

刑事の前で言わない方がいい。

「公園近くに防犯カメラは？」

「ありませんでした」

それも含めての〝目撃者ナシ〟。

「でも鋭一のアリバイも鉄壁じゃないって事が判ったわね」

「その方法なら殺害できますからな」

「後は物的証拠だけど」

「ルミノール反応はどのくらい前のものまで検出できるのでしょうか？」

東子さんが訊いた。

ルミノール反応は鉄イオンに対する発光反応で鑑識が血液の検出に使用している。

「数年……状態が良ければ数十年を経た血液でも反応します」

「でしたら今からでも九重宅を捜査すれば九重富美子さん殺害時の血痕が検出される可能性はありますね」

九重富美子の死因は公園の階段から転落した際の頭部の打撲とゆう事だった。公園の階段には血痕が付着していた。

「可能性はあるでしょうが……」

「それに公園に残っていた犯人のものかもしれない靴跡です」

「公園から採取した靴跡を九重鋭一氏の靴跡と照合する事はできません。鋭一氏は新しい靴を買うたびに古い靴を捨てています」

「靴屋さんに記録が残っていないでしょうか？」

東子さんがグラスを見つめながら言った。

「靴屋さんに？」

「はい」

「顧客の靴底のデータをいちいち残している靴屋などいないでしょうな」

マスターがシガレットチョコを横にして猿轡のような形で銜えながら応える。意味が判らない。

「九重鋭一の靴はすべてオーダーメイドだとお伺いしたものですから」

「あ」

「そうね！」

いるかちゃんが喜びの声をあげる。

「それだったら事故当時に鋭一が履いていた靴の記録が残っている可能性があるわよ」

「残念ながら」

植田刑事が東坡煮を食べ終えると反論を開始する。

「それだと状況証拠の一つにはなるでしょうが決定的な証拠にはならないかと」

「どうしてよ」

いるかちゃんが植田刑事に詰めよる。

「公園に九重鋭一氏が買った靴と同じ種類の靴跡が残っていたとしても、それはあくまで〝鋭一が買った靴〟と〝公園に残っていた靴跡をつけた靴〟が同じタイプのものということでありまして別の誰かがたまたま同じ靴を買った可能性を排除できないんです」

「オーダーメイドだから鋭一本人の靴と同定できるんじゃないの？」

「あ」

突破口を探る植田刑事。

「しかしですね。たとえオーダーメイドであったとしても鋭一氏と別の誰かの足のサイズが同じであった場合は靴底の形も同じになる可能性が……」

推測でものを言いだした植田刑事。

「九重鋭一が靴を購入した靴屋さんでは定期的に靴底の減りかたも記録しているそうですね？」

東子さんによる駄目押し。

「そうか。靴底の減りかたは人それぞれ個性があるわよね。それを見れば誰の靴跡か特定できるはずよ」

「物的証拠も出てきそうですね」

アリバイが崩れた……。

「でも」

マスターはまだいるかちゃんの真似をしている。

「それがどうしたってゆうのよ」

自分の真似をするマスターにいるかちゃんが冷ややかな一瞥《いちべつ》を送る。

「富美子が亡くなった時刻の鋭一のアリバイは崩れました。しかしそれは第一のアリバイなんですよ」

いるかちゃんに睨まれてマスターが口調を戻した。

「第一のアリバイ？」

マスターは頷く。

「いくら第一のアリバイが崩れても第二のアリバイがあるんですよ」

「何よ？　第二のアリバイって」

「東子お嬢様は宝石泥棒の犯人はＳ89号だと仰いました。ところが九重富美子殺しにおける九重鋭一のアリバイを崩したところでＳ89号とは何の関係もないことでしてな」

シガレットチョコを噛み砕く。

「いくら鋭一のアリバイを崩したところで宝石の盗難時にＳ89号が刑務所にいたとゆう鉄壁の事実は動かしようがないわけで」

「遠隔窃盗だって言ったじゃない」

いるかちゃんがグラスの〈桜川〉を飲みほす。いるかちゃんのエンジンもかかってきたか。

「Ｓ89号が刑務所の中で九重鋭一の犯罪を知って、それをネタに九重鋭一を強請ったって事じゃないの？」

「そうなんですか？」

自明のことをマスターがおそれおおくも東子さんに訊く。東子さんは頷いた。

「そんな器用なことを」

たしかに器用だが。

「しかしですな」

植田刑事が口を挟む。

「S89号が操ったと考えるよりも単に外部の宝石泥棒の犯行だと考えた方が現実的ではないですかな？」

「そうか！」

植田刑事の解決案にマスターが乗った。

「通りすがりの大泥棒の犯行だと考えた方が自然！」

かなり不自然だが。〝通りすがりの大泥棒〟はちょっと赤川《あかがわ》次郎《じろう》のタイトルっぽいと思った。

「外部のおかたの犯行は無理です」

〝おかた〟とゆう事もないが。

「とゆうと？」

「その日、防犯カメラと警備システムのスイッチが切られていました。これは九重鋭一が切りました」

出張前日のエアコン工事の際に念のために切ったものを入れ忘れたと言っていたはずだ。

「外部の者が犯人ならば犯人は九重邸の防犯設備をどう突破するかに思いを馳《は》せるはずです」

「でしょうな」

「それを突破する方法を思いつかない限り犯行はなされないのではないでしょうか？」

「そうかもしれません。ただその日はたまたま防犯設備のスイッチが切られていた」

「犯人はどうしてその事を知ったのでしょう？」

「犯人はエアコン工事業者だった？」

マスターの迷推理。たしかにエアコンを設置した業者なら鋭一が防犯設備のスイッチを切った事を知っているかもしれないけど……。

「エアコン工事業者にしても鋭一がスイッチを切りっぱなしにしている事は知りません」

切ったところまでは知っているとして普通はその後、入れたと思うだろう。業者が帰った後にでも。

「ですな」

「知っているのは鋭一しかいないのです」

「決定。鋭一が犯人」

マスターの早合点推理。この場合は合ってるかもしれないけど。

「しかし鋭一の狂言だとすると、わざわざ防犯設備のスイッチを切る理由はありませんぞ」

「植ちゃん。切らなかったら自分が疑われるでしょ」

「なるほど」

「それに九重邸の敷地内から外部のかたの靴跡は発見されていません」

「それは外部犯行説にとってはたしかに不可解ですが説明がつかないわけではありませんで」

「どう説明がつくのよ」

「靴にビニール袋のような物を被せて侵入したとしたら」

「それでも微かにゲソ痕はつくんじゃないかしら」

サスペンスドラマの影響か、いるかちゃんも専門用語を使うようになった。

「誰のゲソ痕かは判らないまでも鋭一以外のサイズの靴の跡があれば」

「なるほど」

植田刑事も納得。

「室内に目を向けても外部のおかたの指紋は検出されていません」

「それは大きいわね」

「手袋」

マスターがポツリと言う。

「あなたがたは手袋とゆう文明の利器の存在を忘れてはいませんか？」

文明の利器ではないが。

「手袋をつけていたにしても窃盗犯は六キログラムほどの金庫を抱えています」

「金庫を抱えていたにしては目撃者が皆無っていうのも引っかかるわ」

「まるで犯人など最初から存在していないかのようです」

「だけど……」

東子説に傾きかけた店の雰囲気に千木良青年が異議を唱えにかかる。

「金庫はどこに消えたんですか？」

「消えた？」

「ええ。小さい金庫とはいえ内部犯行説……すなわち鋭一本人が盗んだのであれば盗んだ小さい金庫はどこにあるんですか？」

みな期せずして植田刑事に視線を移す。

「まだ見つかっていません」

「ほら！」

何が〝ほら！〟なのかよく判らない。言ったマスターにも判ってないのではないか。

「外部の者が犯人だとゆう証左になりませんか？」

みなの視線が東子さんに移る。

「お庭に埋めたのではないでしょうか?」

「庭に?」

「はい。痕跡が判りにくいように丁寧に埋めて〝これでよし〟と思ったところで宝石が盗まれたと通報したのではないでしょうか?」

〝これでよし〟が少し可愛かった。

「なるほど。そうしておいて熱《ほとぼ》りが冷めた頃に掘りだしてS89号に渡したと」

東子さんが頷く。

「そういえば鋭一は大きな金庫があるのに小さな金庫も買ったのよね」

「そうでした」

「それって、この計画のためにS89号に指示されたのかもしれないわね」

すべての辻褄が合ってゆく。

「わかりましたよ!」

マスターが大声を出す。

「外部の者の犯行じゃありませんよ!」

マスターが憤ることでもないが。

「内部の者の犯行……すなわち九重鋭一の狂言だったたって事よね」

「どうして九重鋭一は狂言をしたかとゆうとS89号に操られていたから」

「どうして操られたかとゆうと妻を殺したとゆう秘密を握られたから」

「どうして握られたの？」

「東子説崩壊」

まだ崩壊したわけじゃない。単にいるかちゃんが質問しただけだ。その質問に答えられなければ崩壊するけれど。

「S89号は宝石窃盗のプロです」

〝いやあそれほどでも〟と謙遜《けんそん》しようとして自重した。

「渋谷区の宝石情報は事細かく調べあげていた事でしょう」

山内が右手を頭の後ろに持って行きかけてやめた。山内もおそらく〝いやあそれほどでも〟と言いかけたのだろう。

「とゆうことは？」

いるかちゃんが連係プレイで話を促す。

「渋谷に豪邸を構える九重家の情報も当然、お耳に入っていたものと思われます」

「しもしも」

マスターが昭和語で馬鹿にしにかかる。ドン・キホーテのように無謀な戦いだけど。

「S89号は刑務所に入っているんですよ？」

「はい」

「それなのにどうやって情報を得るってゆうんですか？」

「誰かが情報を差し入れていたのでしょう」

「情報？」

「新聞や週刊誌等です」

「そんな事できるの？」

いるかちゃんが植田刑事に訊く。

「できます」

「しかしですよ」

なおも食いさがるマスター。

「いくら情報があっても所詮は塀の中ですよ？」

「はい」

「S89号といえば一度、塀の中に入って出てきた。なのにまた犯罪を犯していたとすれば塀《へい》の中の懲《こ》りない面々とゆうことになってしまいますぞ」

それが否定の材料にはならないが。ちょっと懐かしくはあるけど。『塀の中の懲りない面々』といえば安部《あべ》譲二《じょうじ》の小説だ。

「新聞や週刊誌の情報だけで九重鋭一の妻殺しが判るか？　って事よね」

「ですね」

今度はいるかちゃんと千木良青年の連係プレイ。いるかちゃんは連係プレイが好きなようだ。

「現にこのお店の中で週刊誌とワイドショーの情報だけでいくつもの犯罪を暴きました」

衝撃すぎる。東子さんはマスターや山内が提供する情報を〝週刊誌やワイドショーの情報〟と的確に把握していた。

「それは東子だから」

「S89号もその方法を学んでいるはずです」

再び衝撃。東子さんが自分の方法をかなりいいものと認識している事に。そしてそれを臆する事なくサラリと言ってのける事に。もっとも浮世離れした東子さんだから謙遜などとゆう世間ズレしたテクニックは使わない。それでいい。さらにこの店で数々の未解決事件を解決してきた実績から自分の方法が至上のものと考えて、なんら不都合はない。

「渋谷ではS89号が逮捕されて以来、大きな宝石窃盗事件は起きていませんね？」

「起きてないですな」

S89号の逮捕後にS90号とゆう怪盗が渋谷に出現した事はあったけど、その怪盗は宝石専門ではなかったうえに逮捕されて事件は解決している。

「S89号が出所するすぐ前に大がかりな宝石盗難事件が起きたのよね」

「これが偶然と言えるのでしょうか」

マスターはどっちの味方なんだ？

「S89号は九重鋭一の犯した殺人を知って九重鋭一に罰を与える事を思いついたのだと思います」

「罰？」

「はい。九重鋭一が大切にしている宝石を奪うことです」

「それはたしかに九重鋭一にとっては痛手でしょうな。ただ殺人の罰にしてはいささか軽いかと」

「もちろん目的を成就した暁《あかつき》には警察に通報して九重鋭一の殺人を暴くつもりだったのだと思います」

東子さんがすべてを解き明かした。

「つまりこうゆう事ですか」

植田刑事がまとめに入る。

「二年前の三月三十日。九重鋭一の妻、富美子が夜中に公園の階段から転落死する。しかしそれは実は夫、鋭一による殺害だった」

「はい。おそらく鋭一は予め手頃な石を拾っておいて自宅に隠していたのではないでしょうか」

「その石を使って富美子を殴殺《おうさつ》？」

「そうです。そうすれば金槌《かなづち》などで殴るよりは公園の階段から転落した際の傷跡に近くなるでしょうから」

「死体を階段の上から落とせばその際に頭部に傷もつくでしょうから、その傷が致命傷と判断されるでしょうな」

「実際に殺害に使った石を遺体の側に置いておけばその石にぶつかったのが致命傷と判断されるかも」

いるかちゃんの推測に東子さんが頷く。

「鋭一は自宅で富美子を殺害。その間、自宅には社員を呼んでアリバイ作りも行っていた」

「社員が帰った後に死体となった富美子を車で公園まで運んで階段の上から落としたのね」

「その間、誰にも見られなかった……。とゆうか見られない時間帯、場所を選んで事を運んだとも言えますな」

「翌朝、富美子の遺体は早朝に犬を散歩させていた主婦に発見される」

「完全犯罪成立……と鋭一は思ったでしょうな」

「熱りが冷めたら愛人である森氏と一緒に暮らしたかったのかしらね？」

「そうかもしれません。ただ世間体を考えてなかなかすぐには踏みきれなかった……といったところでしょうか」

「早々に踏みきっていたら富美子殺害も疑われかねないもんね」

「それもあるでしょう」

「そうこうしているうちにその完全と思われた妻殺しに気づく人物が現れた」

いるかちゃんの説明に千木良青年が「S89号ですね」と続ける。

「はい」

東子さんが返事をする。

「そしてS89号はある計画を思いつきます」

「遠隔窃盗……。実行されたのは九重鋭一による富美子殺害の二年後よね」

「はい」

さすがのマスターもふざける気になれないのかシガレットチョコを小粋に銜えただけだ。

「九重鋭一は指示された通りに宝石の入った金庫を庭に埋めて盗まれたように細工をしてから出張に出かけたのです」

「帰ってから〝宝石が盗まれた〟って警察に通報したのね。そして熱りが冷めた頃に宝石をS89号もしくは仲介者に渡した……」

東子さんが頷く。

「おそらくS89号は得たお金を公共施設などに寄付したのではないでしょうか？」

「公共施設？」

「はい」

「どうして公共施設に？」

「わたくしにはＳ89号が私腹を肥やすためだけに盗みを働いたとは、どうしても思えないのです」

「それはあたしも思うわ」

いるかちゃんが僕と山内に視線を飛ばす。この辺りも強心臓だ。

「最近、匿名で高額の寄付があった公共施設はないでしょうか？」

東子さんがグラスを見つめたまま呟く。

「図書館……」

いるかちゃんの呟き返し。

「あったわよね。盗難事件の後に廃《すた》れそうな学校図書館に多額の寄付があった件」

「その寄付は匿名でしたね」

山内が言う。

「すなわちＳ89号からの寄付である可能性がありますな」

「送金ルートを逆に辿《たど》れば……」

いるかちゃんの呟きに植田刑事が「犯人の何らかの痕跡が見つかるかもしれません」と

応える。

「よし。ジーパンは図書館の割りだし。殿下は銀行のチェック。山さんは缶ジュースを買ってきてくれ」

今さら『太陽にほえろ！』の真似をされても……。しかも山さんの無駄遣い。

「そんなまどろっこしい事をしなくてもさ」

いるかちゃんがグラスを片手に言う。

「本人に訊けば早いんじゃゃない？」

「シ〜ン」

マスターの声以外は〝シ〜ン〟としてしまった。この店ではほぼ禁句のような言葉だけどアッケラカンとしたいるかちゃんには通用しない。浮世離れした東子さんに世間ズレした常識が通用しないのとはまた別の意味で通用しない。

「どう？」

いるかちゃんの追及は続く。僕と山内は顔を見合わせる。

「しょうがありませんね」

僕よりも山内の方が決断力はある。影のリーダーなのだ。

「ルートを辿ればいずれ判ることです」

「それを暴いたのが東子さんだとゆうことが僕たちの誇りでしょうか」

東子さんが小さく頭を下げた。

「ホントなの？」

いるかちゃんの問いに僕と山内は頷く。

「そう」

いるかちゃんは目を伏せた。

「寂しくなるわね」

いるかちゃんは、あっとゆう間に事実を受けとめる。

「でも、どうしてまた宝石を盗むなんて……」

「物語を終わらせたくなかったんだ」

僕は久しぶりに口を開いた気がする。元来無口のうえにこの店では、うまい酒とつまみを堪能《たんのう》するのに精一杯であまり話さなかったから。

「物語を？」

僕は頷いた。

「どうゆうこと？」

「いま世の中から物語がなくなりつつあるような気がしてるんだ」

「物語がなくなる？」

「最近の人は本を読まなくなったって言われてるだろ？」

「そう言われて久しいですね」

千木良青年の言葉に僕は頷く。

「でもそれホントなのかしら？」

いるかちゃんは疑義を呈す。

「昔だって読まない人はぜんぜん読まなかっただろうし明治時代の小説の発行部数だって今より少ないってさっきも話題になったじゃない」

記憶力のいいいるかちゃん。

「発行部数が少ないとゆうことは今よりも読まれてなかったのかな」

「そうかもしれない。ただ小説をあまり読まなくなったって話に加えて最近は漫画を読むのも億劫《おっくう》だと感じる層が出てきたとゆうニュースを見たんだ」

「漫画も？」

「ああ。それは億劫とゆう理由もあるんだろうけど物語自体が必要でなくなってきたのかなと思って」

「物語自体が……」

「そのことに抵抗したかったんだ」

「それで物語を大量に保存している図書館に寄付を？」

「間違ったやりかただって事は判ってる」

僕が開き直るとみんなどう反応していいのか判らないのだろう、押し黙ってしまった。

「あたしいつも思うんだけど」

沈黙を破ったのはいるかちゃんだった。

「ある種の犯罪者って、その知識と技術を使ってまともな商売をすれば普通に稼げるんじゃないかって」

「その話はひとまず置い、とい、て」

この場合はマスターにも理がある。珍しい事だけど。

「物語が必要なくなってきたって話を聞きたいですな」

僕は頷いた。

「僕がそう思うのは根拠のない話じゃない。若い人が小説を読まないって話が喧伝《けんでん》されたり、それどころか漫画を読むのも億劫になってるって話もしたよね？」

「それだけ？」

「テレビドラマも観なくなった」

「あ、そうか」

いるかちゃんが納得する。

「ネトフリとかの動画配信サービスがおもしろいドラマを作って人気もあるけど、かつてのテレビドラマの熱狂に比べたら視聴者数は減ってるでしょうね」

かつては学校に行くと前日のドラマの話で盛りあがったものだ。それだけ多くの若者がドラマに夢中になっていた。ドラマを観ることが当たり前でドラマを観ていないと話の輪に加われなかった。少なくとも僕のクラスでは。

「言われてみると昔よりも物語を必要としている人が減っている気がするわね」

「だろ？」

いるかちゃんは頷くと「でも、どうしてなのかしら？」と新たな疑問を呈する。

「物語とゆう形自体が金属疲労を起こしてるような気がするんだ」

「金属疲労？」

「ああ。太古の昔から物語は生産され消費され続けているから」

みなは僕の言葉を吟味するように再び押し黙る。

「ネットの普及が関係しているのかしら？」

またしても沈黙を破ったのはいるかちゃんだった。

「いま誰でも自分の手のひらの中で物語が完結してるのよね」

「スマホの事ですか？」

山内が訊くといるかちゃんは「そうよ」と答えた。

「うまいことを言いますね」

「どーゆーこと？」

マスターにはピンと来ていないようだ。

「小説も漫画もスマホで読めるのよね」

「物語は必要じゃん」

「そうなんだけどニュースも音楽もぜんぶスマホで済んじゃうでしょ？」

「それが！　悪いって！　言うんですか？」

マスターが最近覚えた逆ギレからの普通質問。

「コミュニケーションまで手のひらの中でできるのよ」

〝手のひら〟とゆう言葉が褒《ほ》められたのが嬉しかったのかその言葉に拘りだしたいるかちゃん。

「昔は本を一冊買うにしても本屋さんに行って買ったわよね」

「今でもそうしてますけど？」

そうじゃない人も徐々に増えてきたとゆう話。

「その過程でも本屋さんの店員とコミュニケーションが生まれたのよね」

「そのコミュニケーションも今は手のひらの中でできる」

千木良青年が〝手のひら〟に乗った。

「そのことと物語が必要なくなるって話とぜんっぜん関係ないんですけど」

「そもそも人間にとって物語って必要だったのかしら？」

「そんな！」

マスターが大声を出す。

「今までのこの物語を全否定するような発言を」

それは言えるか。マスターも酔いが回っているとはいえ深い知識と思索の持ち主なのだ。

「それどころか全人類が紡ぎだしてきた今までのすべての物語を否定するような発言を！」

「必要だから生まれたんじゃないんですか？」

千木良青年がいるかちゃんに訊く。現時点でいるかちゃんの存在感がかなり増してきている。

「最初の会話を思いだしてみて」

「そんな昔のことは思いだせない」

「今から言うわよ」

「そんな先のことは判らない」

「物語って必要だから生まれたんじゃなくて偶然生まれたはずよ」

「そんな事はありませんけど？」

「どうして物語は生まれたのかって話をしたときに二つの理由に辿りついたでしょ？　忘れたの？」

「だから！」

マスターが目を瞑《つむ》って肩をいからせ両手の拳《こぶし》をプルプルと震わせている。

「そんな昔のことは思いだせないって言ったでしょ！」

本気で言っていたのか。しかも自慢する事でも怒る事でもなくむしろ恥ずかしそうにするような事だ。

「どうして物語は生まれたか？　それは語る人がいるからよね。どうして語りたいのかと言ったら……二つ理由があったはずよ」

「一、おもしろい出来事は誰かに話したくなる」

千木良青年の応答にいるかちゃんは「そうよ」と応える。

「二、自分を吐露したい」

「正解」

完全に教師と化したいるかちゃん。東子さんの異能力を知る前は名探偵を自負していただけあってその資質はある。

「その二つの理由によって人は物語を綴りたくなって、そうやって綴った人の中で多くの人の共感を受けた人がやがてプロの話し手になっていったって事よね」

東子さんが頷く。

「物語が、そして話し手が生まれたその二つの理由。それがスマホの出現によって、もはや必要なくなったとしたら？」

　いるかちゃんの爆弾発言。

「検証してみましょうか」

　いるかちゃんの弟子の役を甘んじて受ける千木良青年。

「一つめの〝おもしろい出来事は誰かに話したくなる〟ですけどネットを見ればおもしろい話は満ちあふれていますね」

「そうなのよ」

　いるかちゃんは我が意を得たりとばかりに頷く。

「アマチュアの作家が創作した物語とか体験談とか」

「桜川さんの定義ではノンフィクションも〝物語〟ですから体験談も物語なんですよね」

「はい」

「それらがネット上には無数にあるのよ。今まではおもしろい話を作るプロが必要だったけど、おもしろい話をするアマチュアも無数にいれば数打ちゃ当たるでプロ並みの、あるいはプロ以上におもしろい話が見つかる」

「それが拡散されれば誰の目にもつきやすい」

「一つ目の理由、消滅」

　マスターが裁定する。

「二つ目は〝自分を吐露したい〟でしたね」

「今はSNSで誰でも自分を吐露できるのよ」

「ですね」

「一つ目と同じ理由で二つ目の理由も消滅」

「物語が生まれた二つの理由。ネットの出現で二つとも消滅してるわね」

「物語がなくなる……」

千木良青年が言った。誰も応えない。いるかちゃんもマスターも動きを止めている。

「物語はなくならないと思います」

希望の光はいつも東子さんからもたらされる。

「と仰いますと？」

マスターが訊く。

「物語が生まれた三つめの理由があると思います」

「三つめの理由？」

「はい」

「それは？」

「別の人生を経験することです」

「別の人生……」

「それは生存本能に根ざしていると思います」

「ちょっと待って」

いるかちゃんが考える。

「人生って一回しかないわよね」

「はい」

「でも誰しも別の人生があればって考えた事があるはずよ」

「断定はできませんが」

「できるわよ」

いるかちゃんは強気だ。

「人が旅に出るのも違う場所を見てみたいからじゃない？」

「少し賛成」

マスターが大原麗子《おおはられいこ》っぽく言った。

「物語もそれと同じなのよ。一つの場所に留まっていた人が別の場所を見てみたくなるように一つの人生に留まっている人が別の人生を経験したくなる。その手段が物語なのよ」

東子さんが小さく拍手をした。途轍《とてつ》もなく珍しい光景だ。それほどいるかちゃんの指摘が的を射たものだったのだろう。東子さんの言いたかった事を完全に代弁していたのだろう。

「でもそれスマホでもできない？」

感動に水を差すのはマスターの最も得意とするところだ。

「ＳＮＳ？」

「そう」

「ＳＮＳで別の人生を生きられるかしら？」

「感情移入できるかどうかが鍵でしょうね」

「感情移入か」

「そうよ。他人の人生を眺めているだけじゃ知的好奇心は満たされるかもしれないけど〝もう一つの人生を生きたい〟ってゆう本能は満たされないのよ」

「物語なら満たされる？」

「あたしはそう思うわ」

いるかちゃんがきっぱりと言った。

「あたしは物語を味わって別の人生に思いを馳せたい」

「その気持ちがある限り物語はなくならないと思います」

東子さんの凜とした声が狭い店の中に響いた。

「人生が一度しかない限り物語は必要ってことね」

「もしかしたら本当の犯人は物語自体だったのかもしれない」

千木良青年が言った。

「ん？　どうゆうこと？」

「事件は物語として消費されます」

「判る気がするわ。マスターと山ちゃんが得意な週刊誌とワイドショーよね」

「その類です。そして事件が起きたことを我々が認識して記憶に留め話題にしているのはその事件が物語になったからです」

千木良青年が主役の座を奪いとりに来る。

「東子も言ってたわよね。出来事は二度目に話されたときに物語になるって」

「そうなんです。逆に我々が話題にしなければそれは物語とならず犯人の存在も記録に埋もれます」

「話題にしているから犯人も浮かびあがってくるってこと？」

「ええ。その物語を知らなければ事件も存在しないも同然なのです。つまり犯人は物語」

決まった。

「物語は無実です」

東子さんが反論した。

「無実？」

「はい」

「どうしてですか？」

千木良青年が東子さんに詰めよる。

「物語にはアリバイがあります」

「物語にアリバイが？」

「はい」

「どうゆう事ですか？」

「先ほどの〝誰もいない森の中で木が倒れたら音はするのか？〟とゆう問題と同じです」

「大きな音がしますけど？」

マスターは先ほどの話をまったく覚えていなかった。無理もないことかもしれない。酔いが回っているし。

「空気の振動を鼓膜がキャッチしなければ音にはならない。出来事も誰かが表現しなければ物語にはならない」

いるかちゃんが軌道修正する。

「そうです。そして事件も」

「事件も？」

「事件も出来事です。誰かが表現しなければ物語になりません」

「そうよね」

「出来事が起きた段階では物語はまだできていない……。つまり物語にはアリバイがあるのです」

今までいくつものアリバイを崩してきた東子さんが初めてアリバイを証明した。物語のために……。

今夜の東子さんはいつになく饒舌《じょうぜつ》に思える。それは、もしかしたら僕たちの捜査会議が今夜で最後だから？

「さっき東子が言った通りS89号もこれを望んでいたのね」

「これって？」

「真相が暴かれること」

いるかちゃんの言葉に誰も反応しない。

「あたしが気になっていたのは、このままだと九重鋭一の殺人が闇に葬られるって事だったけど」

「九重鋭一はそれをバラされないように強請《ゆすり》に応じていたんですからね」

「そうなのよ。でもこの店の常連なら事件の話が出れば必ず東子が真相を暴く事を知っている」

「やっぱり犯人もこうなることを望んでいたわけですね」

「寄付が済んだ後にね」

初めてマスターが〝Q．E．D．〟をちゃんと言えた。物語も終わりに近づいているのかもしれない。

「Q．E．D．」

「ちょっと待って」

いるかちゃんが割って入った。

「まだぜんぜん終わってないわよ」

「と言いますと？」

マスターがシガレットチョコをバリバリと噛み砕きながら訊く。

「誰が差し入れしていたのよ」

「あ、これ？」

マスターが一升瓶を指さした。

「どなたかは存じませんが旅のおかたが差しいれてくれやした。秋田県が生んだ香り豊かな大吟醸酒〈春霞〉でごぜえやす」

「ごまかさないでよ。刑務所にいたS89号の二人に情報を提供していた人がいるはずよ」

「そんな奇特な人が？」

「そうですね。いくらS89号が刑務所の中で九重鋭一の妻殺しを推理できたとしてもそれを九重鋭一に伝えなければ宝石泥棒は成立しません」

「じゃあ刑務所の外にいる誰かがその役目を？」

「不思議だなあ。誰だろうなあ？」

マスターが右に左に首を捻っている。

「刑務所の面会記録を調べればすぐに判るわよね？」

僕と山内は頷いた。マスターはまだ頷いていない。

「S89号とゆうコード番号が図らずも三人目の正体を暗示していたのかもしれません」

東子さんが言った。

「S89号が？」

「はい」

「8は山ちゃん。9は工藤ちゃん。これは判るわよね」

「Sは？」

「Sのイニシャルを持つお名前のかたが関係者の中にいらっしゃらないでしょうか？」

マスターの顔が大きく歪《ゆが》んだ。みなの視線がマスターに集中する。マスターが口を開く。

「桜川……」

いるかちゃんが片足を曲げて肩を下げる昭和ノリのずっこけを見せる。

「島でしょ」

体勢を立て直してすぐさま正解を指摘する。島はマスターの名字だ。言いにくいことをズバッと言えるのはいるかちゃんの特性だ。指摘されて開き直ったのか憑きものが取れたようにマスターの顔から狂気の色が引いてゆく。

「それしかいませんね」

千木良青年も認めた。

「まさかマスターがS89号の一員だったなんて」

「最初にお会いした頃からおかしいと思っていたのです」

「そんな前から？」

東子さんは頷く。

「わたくしがこのお店に通い始めた頃マスターさんはよくこう仰っていました」

「何て？」

「〝なんだか表にねずみの鳴き声が聞こえたぜ。今日はもう店じまいだ〟と」

東子さんの男言葉は斬新だ。萌《も》えた。

二年前に渋谷で連続宝石窃盗事件があった頃、その犯人を僕と山内だと睨んだ東子さんはマスターに頼んで店の奥の鏡をマジックミラーにして隠しカメラを仕込んだ。そのカメラに僕と山内の悪事の相談の様子が写されていたのだ。その映像を東子さんは見たのだろう。

東子さんが帰った後もマスターは僕と山内の仲間だとゆうことを知られないためにあく

まで部外者のフリをしなければならなかった。隠しカメラがあるからだ。なので酔いつぶれた演技をしていたけれど、酔いつぶれる前に〝なんだか表にねずみの鳴き声が聞こえたぜ。今日はもう店じまいだ〟と呟いていたのだ。

「そんな事を言ってたんだ。あたしが来てからは聞いた事がないわね」

「ねずみとは警察の見張り役のかたの事を意味しているのではないでしょうか？」

「〝ねずみ〟がスパイだと？」

イメージ的には合っている。

「それを仲間である二人に伝えていたってゆうの？」

「はい。おそらく店の外に仕掛けた防犯カメラなどで察知していたのでしょう」

「じゃあ」

いるかちゃんが何かを思いだそうとしている。おそらくマスターから聞いた僕らの逮捕の経緯だろう。

「マスターはS89号が逮捕される前に、いつもこの店で酔いつぶれていたのよね？」

「その頃はそうでした」

今も大して変わってないが。

「それってS89号に睡眠薬を飲まされていたって聞いたわよ」

もしかしたらその事をいるかちゃんに教えたのは東子さんかもしれない。そんな気がしてきた。どっちでも構わないけど。

「マスターさんは最後には酔いつぶれて床に崩れ落ちていました。あれはわたくしを油断させるためのお芝居だったのではないでしょうか？」

誰も答えない。

「わたくしもすっかり騙されてしまいました」

東子さんもあのとき、マスターが睡眠薬を飲まされて酔いつぶれたと思っていた。

「もしかして東子も本当の犯人を取り逃がしていたの？」

「はい。そうなります」

「S89号のうち二人は逮捕されたけどS89号は三人いた……」

「残りの一人が」

「マスター」

「もしかしてあらゆる犯人の中で東子を騙せたのってマスターだけ？」

「そうなりまさあね」

マスターが見得を切る。ここは堂々と見得を切って良いだろう。

「マスターさんは、わたくしの最大のライバルだったのだと思います」

僕と山内が入ってないのが悔しい。

「そうゆう事だったんですな」

植田刑事が反応した。

「私らの行動もばれていたんですな」

そっちか。東子さんが〝ねずみとは警察の見張り役のかたの事を意味しているのではないでしょうか？〟と見抜いたこと。

「え？　じゃあ植田刑事も最初からS89号を見張って……」

「そうよ」

声と共にドアが開いた。振りむくと渡辺みさと刑事だった。

「最近も渡辺刑事が外で見張っていたんです」

「だからお店に顔を見せなくなっていたのね」

渡辺みさと刑事は店に入ると植田刑事の隣に坐った。

このことを恐れていた。僕たちが、そしてマスターまでもが捕まること。そして、そのことによってこの店がなくなってしまうことを。

「この店、なくなっちゃうの？」

いるかちゃんのド直球質問。

「そうなるでしょうな」

マスターも潔さは持っている。

「残念ね」

「バイトロがなくなってすまないね」

「そんな事はいいのよ」

気を遣ういるかちゃん。

「もっと割のいいところいっぱいあるから。あたしは引く手数多《あまた》だし」

気を遣ったわけではなかったのか。

「でもみんなと別れるのが寂しいの」

これは本音と信じたい。

「せっかく出会えたのにさよならなんて」

「さよならだけが人生だ」

マスターが気の利いた風な事を言う。

唐代の詩人である于武陵《うぶりょう》の詩〈勧酒《かんしゅ》〉の一節〝人生足別離〟を作家の井伏鱒二《いぶせますじ》は〝「サヨナラ」ダケガ人生ダ〟と訳した。井伏がこう訳した背景には作家仲間であった林芙美子《はやしふみこ》の存在がある。井伏が講演のために林芙美子と共に尾道《おのみち》に赴いたときに因島《いんのしま》にも寄った。その帰り、港で船を見送る人たちとの別れを悲しんだ林芙美子が「人生はさようならだけね」と呟いたのだ。詩を訳すときに井伏はこの言葉が頭にあったと後に述懐している。

「物語の終わりだな」

「たくさんの物語だったわね」

この店で語られた物語の数々……。

「物語は一つだったのかもしれません」

東子さんが言った。

「一つ？」

「はい。九つの殺人から始まる物語は長い一つの物語だったのです」

東子さんの言葉が店内に響く。

「その物語がいま終わろうとしている」

山内が呟いた。

「物語は終わりません」

東子さんは空になったグラスを掲げた。

「もう一杯いただけますか？」

「サービスしましょう」

「ありがとうございます」

マスターが東子さんのグラスに〈春霞〉を注ぐ。

「わたくしたちがこのお店で飲んでいる限り物語は永遠に終わらないのです」

そんな空間がどこかにあるのかもしれない。僕たちが永遠に話し続けていられる空間が。

東子さんの美しい横顔を見つめながら僕はそう思った。

解説

円堂都司昭《えんどうとしあき》
（文芸・音楽評論家）

森の奥で親に捨てられた兄妹が、お菓子の家を見つけ飢えをしのぐ。だが、家は、子どもをおびき寄せて食べようとする魔女の罠だった。兄妹は協力して苦境の連続を乗り越え、魔女を退治する。——グリム童話の「ヘンゼルとグレーテル」である。善良な子どもたちが悪い魔女に逆襲したととらえられているこの話には、実は裏があったと指摘しつつ、菓子会社社長が邸宅にある森と呼ばれている庭で殺害された事件の謎を解く。それが、鯨統一郎『九つの殺人メルヘン』の第一話「ヘンゼルとグレーテルの秘密」（初出は「別冊小説宝石」一九九九年初夏特別号）であり、桜川東子シリーズの始まりだった。そして、本書『三つのアリバイ　女子大生桜川東子《さくらがわはるこ》の推理』（二〇一九年）は、二十年にわたって書き続けられたシリーズの完結編の文庫化である。

一冊めの『九つの殺人メルヘン』が、「ヘンゼルとグレーテル」のほか「赤ずきん」、「シンデレラ」などのグリム童話と事件を比較しつつ、それぞれの隠された真相を推理する趣向だったのに続き、以後のシリーズも、なにかのお話を通して事件を考察するスタイルで書かれてきた。毎回、バーに集った人々が、酒を呑んで冗談をいいながら、推理談義をするミステリー小説だ。現場へ行かず、手元の情報だけで事件を解決する安楽椅子探偵ものの形式をとっている。話は酒場でのくだけたやりとりで進むから、堅苦しい作風ではない。

『三つのアリバイ』では、店の近くで発生した宝石盗難事件、事故とされた夜の公園での階段転落死をめぐり、にぎやかな議論が交わされる。その過程では、レギュラー陣の過去についても触れられる。だが、基本的にシリーズの他の作品を読んでいなければわからない書き方はしていないし、一冊ごとに完結しているので、手にとった本から読めばいい。

ただ、『三つのアリバイ』は完結編であり、ここからシリーズ全体を見渡した時に、あらためて気づくこともある。本書より前に発表されたシリーズ作品と、そこで事件との比較に持ち出されたジャンルをふり返っておこう。

『九つの殺人メルヘン』（二〇〇一年）―グリム童話
『浦島太郎の真相　恐ろしい八つの昔話』（二〇〇七年）―日本の昔話
『今宵、バーで謎解きを』（二〇一〇年）―ギリシャ神話
『笑う娘道成寺　女子大生桜川東子の推理』（二〇一二年。文庫化で『笑う忠臣蔵　女子大生桜川東子の推理』に改題）―歌舞伎

『オペラ座の美女　女子大生桜川東子の推理』（二〇一四年）―オペラ
『ベルサイユの秘密　女子大生桜川東子の推理』（二〇一六年）―宝塚歌劇
『銀幕のメッセージ　女子大生桜川東子の推理』（二〇一八年）―映画
『テレビドラマよ永遠に　女子大生桜川東子の推理』（二〇一九年）―テレビドラマ

シリーズでは、キップリングの詩から命名されたコリン・デクスターの小説タイトルをもとに店名をつけたバー「森へ抜ける道」が舞台となる。フリーライターの山内《やまうち》、刑事から私立探偵になった工藤《くどう》（語り手）の常連客二人と、マスターの島《しま》。三人の姓の頭の文字をとってヤクドシトリオと称するレギュラー陣のやりとりが、作品のノリを作っている。

前記のようにシリーズの各冊に通しテーマがあるが、その蘊蓄《うんちく》と並行して、中年男たちが映画、ドラマ、アニメ、アイドル、スポーツなど懐かしネタで盛り上がり、昭和歌謡曲がたびたび口ずさまれる。シリーズが続くにつれ、バーでアルバイトをする阪東《ばんどう》いるか、警視庁の植田《うえだ》刑事と渡辺《わたなべ》みさと刑事、映写技師の千木良《ちぎら》青年とレギュラーは増えた。実名ではなく仮名で話す配慮はしつつも、警察関係者が捜査情報を伝え、バーの客とともに事件を検討するのがお約束のパターンだ。その際、名探偵の役割を果たしてきたのが、かつてはメルヘンを専攻する大学生で、後に大学院生となった桜川東子だ。彼女は、馬鹿話ばかりしているヤクドシトリオと対照的に知的な令嬢だが、酒豪であり鋭い洞察を行う。

シリーズでは、先にあげたテーマや様々な娯楽分野について沢山の話題が飛び交う。ミステリーの世界では昔から、名探偵がその優れた推理力のバックボーンとなっている知識や教養の豊富さを誇示する衒学的《ペダンティック》な態度がしばしばみられた。小栗虫太郎《おぐりむしたろう》『黒死館殺人事件』の法水麟太郎《のりみずりんたろう》、京極夏彦《きようごくなつひこ》「百鬼夜行」シリーズの中禅寺秋彦《ちゆうぜんじあきひこ》などが代表例だろう。作中に登場する話題の幅広さ、固有名詞の多さという点は、それらと共通するが、鯨統一郎による本シリーズの場合、東子が話す部分では推理の裏づけとなる知識や教養が示されるものの、ヤクドシトリオなど周辺の人々が語る雑学は、本筋からの脱線が多い。だが、脱線を繰り返す会話がいつの間にか本筋に戻り、気づけば謎が解かれている。そんなとぼけた展開が、魅力なのである。

鯨統一郎は、歴史に関する大胆な推理をしれっと行ったデビュー作『邪馬台国はどこですか？』（一九九八年）の時から、この種の酩酊推理を得意とした。加えて、桜川東子シリーズの場合、全九冊を通しての独自の企てがされていた。最初の『九つの殺人メルヘン』には、書名通り九つの短編が収められたが、以後の本はレギュラーの人数が増えるのと反比例するごとく、一冊ごとに収録作が一つずつ減るルールが設定された。その結果、八冊めの『テレビドラマよ永遠に』が中編二作の収録だったのに対し、九冊めの『三つのアリバイ』は一作のみの収録、平たくいえばシリーズ初の長編となった。だが、初の長編だからといって、安楽椅子探偵が事件現場に直行したり、常連客の誰かが誘拐されたり、バイオレンス・アクションが展開されたり、一転してシリアスな作風になったりは、しない。バーを舞台にしたいつも通りの酩酊推理が、いつも以上の長さで繰り広げられ、いつもより脱線が多いぶん本筋に戻れるのかとますます心配になるが、いつも通り解決にたどり着いてホッとする。そんな話になっている。

『三つのアリバイ』は書名通り、アリバイがミステリーとしての焦点となる。もともとシリーズの出発点となった『九つの殺人メルヘン』は、有栖川有栖《ありすがわありす》『マジックミラー』(一九九〇年)のなかで講義されたアリバイ・トリックの九パターンを網羅するチャレンジでもあった。東子が「アリバイ崩しの東子」の異名を持つようになったのも、そのためだ。再びそれを主題にしたこの完結編には、原点回帰的な面があるわけだ。『九つの殺人メルヘン』当時のヤクドシトリオを回想することも大きな要素になっており、シリーズと長年つきあってきた読者には懐かしく感じられるだろう。

では、本書の『三つのアリバイ』とはなにか。作者は、作品発表時のエッセイ「物語のアリバイ」(「小説宝石」二〇一九年十二月号。https://www.bookbang.jp/review/article/596125)で、一つめは宝石盗難事件のアリバイ、二つめは公園での殺人事件のアリバイとし、三つめをこう語っていた。

本作で東子が挑む三つめのアリバイは〝物語のアリバイ〟です。

このシリーズはアリバイに拘って始まりましたが、もう一つ〝物語〟というものにも拘ってきました。

一作めは『九つの殺人メルヘン』とタイトルにあるようにメルヘンをもう一つのテーマとしています。それ以降、日本の昔話、オペラなど〝物語とは何か〟を追究していたのです。


これまでの八冊は、童話、昔話、神話、歌舞伎、オペラ、宝塚、映画、ドラマと様々なジャンルを通して事件を推理してきたが、完結編にラスボスとして登場したのは、それらすべてを包含する〝物語〟というものだった。

『三つのアリバイ』には、作中人物が過去の八冊をふり返るところがある。また、同作では、盗難と殺人の二つの事件やお馴染みの懐かしネタとともに、図書館の功罪、読書離れなど本をめぐる状況が話題となり、〝物語〟が生まれた理由、〝物語〟とはなにかが考察される。その過程では、紀元前三〇〇〇年シュメール神話、紀元前二〇〇〇年ギルガメッシュ叙事詩など、世界における物語の始まりが年表で記されていた。「この後は西洋ではシェークスピア、ゲーテ、グリム兄弟など、日本では『好色一代男《こうしよくいちだいおとこ》』『南総里見八犬伝《なんそうさとみはつけんでん》』など物語が続々と産みだされてゆく」とも書かれ、『九つの殺人メルヘン』のテーマだったグリム童話にさりげなく言及している。一方、滝沢馬琴《たきざわばきん》による江戸時代の読本の傑作

『南総里見八犬伝』に関しては、本書の別ページでＮＨＫの人形劇『新八犬伝』に触れていた。昭和世代にとっては『新八犬伝』と並んで真田広之《さなだひろゆき》と薬師丸《やくしまる》ひろ子《こ》が出演した映画『里見八犬伝』も懐かしいだろうし、平成世代には滝沢秀明《たきざわひであき》主演のドラマ版や碧也《あおまた》ぴんくのマンガ版でこの物語に親しんだ人もいるだろう。また、『八犬伝』の舞台化については江戸時代にすでに歌舞伎になっていたし、後に宝塚でも脚色されている。他にも文芸、映像、舞台、ゲームなど様々な形にアレンジされてきたのだ（↑ちょっとヤクドシトリオ的に蘊蓄語ってみました）。

考えてみれば、桜川東子シリーズは、そのように様々な形態をとりうる物語の世界を、いくつも旅する内容だった。本書には、バーの店名に含まれた「森」とは「物語の森」であり、「森へ抜ける道」とは「物語の森への入口」かもしれないというセリフが出てくる。決して広いとはいえないバーでのお喋りばかりで構成されてきたけれど、実は、歴史を超え、国境を越え、とても多様な物語にアクセスしてきたのだ。その意味では、壮大な発想が展開されていた。完結編であらためてそのことに気づかされ、このユーモラスなシリーズに対し、自分でも意外なくらい感動してしまったのである。

＊本書を執筆するにあたり、多くの書籍、および新聞、雑誌、インターネット上の記事など多数、参考にさせていただきました。執筆されたかたがたにお礼申しあげます。ありがとうございました。

＊この作品は架空の物語です。

二〇一九年一一月　光文社刊

光文社文庫

三《みつ》つのアリバイ　女子《じょし》大生《だいせい》桜川《さくらがわ》東子《はるこ》の推理《すいり》

著者　鯨《くじら》　統《とう》一《いち》郎《ろう》

2023年2月20日　初版1刷発行

発行者　三宅貴久
印刷　新藤慶昌堂
製本　ナショナル製本

発行所　株式会社　光文社
〒112-8011　東京都文京区音羽1-16-6
電話　(03)5395-8149　編集部
8116　書籍販売部
8125　業務部

ISBN978-4-334-79492-7　Printed in Japan

組版　萩原印刷